PETITS CLASSIQUES

LAROUSSE

Collect*...* *...Lettres*

D0587063

Phèdre

RACINE

tragédie

Édition présentée,
annotée et commentée
par
Laurence GIAVARINI
Ancienne élève de l'E.N.S. de Fontenay
Agrégée de Lettres modernes
et
Ève-Marie ROLLINAT-LEVASSEUR
Agrégée de Lettres classiques

www.petitsclassiques.com

© Larousse-Bordas, Paris, 1998 - ISBN 2-03-871682-X

SOMMAIRE

Avant d'aborder le texte

Phèdre
RACINE

Comment lire l'œuvre

Avant d'aborder le texte

Phèdre

Genre : théâtre, tragédie.

Auteur : Racine.

Structure : 5 actes.

Principaux personnages : Phèdre, Hippolyte, Thésée, Aricie, Œnone et Théramène.

Résumé : la pièce se situe dans la Grèce mythologique. Au moment où le rideau se lève, le roi Thésée est absent depuis longtemps, parti pour un voyage aux Enfers. Son fils Hippolyte aime secrètement Aricie, captive et ennemie de Thésée. La reine Phèdre, qui se laisse mourir, avoue péniblement à sa nourrice, Œnone, qu'elle éprouve une passion incestueuse pour son beau-fils, Hippolyte (acte I). L'annonce de la mort de Thésée provoque une crise politique et laisse espérer aux héros la possibilité de réaliser leurs désirs amoureux : ils s'en ouvrent les uns aux autres (acte II). C'est alors que Thésée réapparaît à Trézène (acte III). Pour sauver Phèdre du déshonneur, Œnone accuse Hippolyte d'avoir voulu séduire la reine. Aveuglé de colère, Thésée demande à Neptune d'exaucer la malédiction fatale qu'il lance contre son fils. Hippolyte ayant essayé de se défendre par l'aveu de son amour pour Aricie, Phèdre découvre, après les tourments de l'amour, ceux de la jalousie (acte IV) : elle ne disculpe pas le jeune homme qui meurt, déchiqueté par un monstre jailli de la mer. Elle se suicide alors confessant sa faute à Thésée (acte V).

Première représentation : la première de *Phèdre et Hippolyte* fut donnée le 1ᵉʳ janvier 1677, à Paris, par la troupe de l'Hôtel de Bourgogne avec la célèbre Champmeslé dans le rôle principal. Un temps mise en rivalité avec une pièce de Pradon sur le même sujet, et jouée dès le 3 du même mois, la tragédie de Racine s'est imposée au bout de quelques semaines. La pièce fut publiée à la mi-mars, mais ne prit le titre de *Phèdre* qu'à partir de l'édition des *Œuvres complètes* de Racine de 1687.

Sarah Bernhardt dans le rôle de Phèdre (photo Nadar).

JEAN RACINE
(1639-1699)

Il est difficile de se faire une image de Racine : peintre de la passion et de ses douleurs, le « tendre » Racine qui arrachait des larmes aux spectateurs de ses pièces fut souvent opportuniste, parfois cruel. Un moment ingrat avec ses maîtres, les jansénistes, il fut dévot à la fin de sa vie et contribua à les protéger auprès du pouvoir.

Issu d'un milieu peu favorisé, il donna à sa production dramatique l'image d'une œuvre littéraire et construire ainsi sa carrière. Ce fut aussi un moyen pour réussir socialement. Or, au XVIIᵉ siècle, il était tout à fait exceptionnel qu'un écrivain fît fortune et pût accéder à la cour du roi grâce à sa plume.

Le capital exceptionnel d'une bonne éducation

1639- 1649

Jean Racine est né à La Ferté-Milon, en Picardie, au nord de Paris. Sa mère meurt en 1641. Son père, modeste fonctionnaire des impôts, meurt deux ans plus tard laissant ses enfants sans ressources. Racine est recueilli par ses grands-parents et reste chez eux jusqu'à la mort de son grand-père, en 1649. Paradoxalement cette situation difficile se retourne en sa faveur. Racine quitte La Ferté-Milon où il n'aurait eu qu'un avenir de petit fonctionnaire : avec sa grand-mère, il rejoint sa marraine, sœur au couvent de Port-Royal.

1649-1660

À Port-Royal, les « disciples de saint Augustin » vivent à l'écart du monde, de façon austère. L'Église et l'État apprécient peu le pessimisme extrême de leur doctrine qui a pu apparaître comme une opposition au pouvoir : leurs ennemis les appellent les « jansénistes » (du nom du théologien Cornélius Jansen dont ils se réclament), pour souligner combien ces catholiques sont proches de l'hérésie.

Les « messieurs de Port-Royal » ont créé une école où ils accueillent gratuitement le jeune Racine : ses maîtres, les célèbres Pierre Nicole, Claude Lancelot et Antoine Le Maître, ont des méthodes pédagogiques innovantes. Racine reçoit une éducation approfondie en français, en latin et en grec. Il lit des œuvres complètes, il les explique de façon détaillée en français et en traduit des passages. Alors qu'à cette époque les autres écoles bornaient leur enseignement au latin, Racine a pu devenir non seulement un grand lecteur, mais aussi un des meilleurs hellénistes de son temps.

Les jansénistes ont connu de nombreuses difficultés et même des persécutions. Mais Port-Royal a contribué à faire oublier les origines modestes de Racine et à l'insérer mondainement par son puissant réseau de relations. À dix-huit ans le jeune homme est certes orphelin et sans argent, mais il a un potentiel intellectuel et social exceptionnel, qu'il va savoir faire fructifier.

1658

Racine vient faire sa classe de philosophie au collège d'Harcourt, à Paris. Il est reçu par un cousin lointain, Nicolas Vitart, qui travaille et habite à l'hôtel du duc de Luynes où se réunissent quelques hommes de lettres dont La Fontaine. Racine y découvre la vie mondaine et le goût « galant » qui consiste à plaire en société et à montrer de l'esprit et de belles manières. Le jeune homme commence à écrire des poèmes.

1661

Il part dans le sud de la France, pour Uzès, où un oncle veut le faire devenir prêtre. Cette entreprise échoue, mais cette année d'exil renforce sa vocation littéraire.

1663-1664

De retour à Paris, il se fait remarquer par deux poèmes à la louange du roi, obtient pour cela une gratification financière et honorifique. Il tente dès lors d'écrire pour le théâtre car il sait que c'est un genre qui peut conduire rapidement au succès.

Le grand auteur tragique

Racine écrit une pièce par an et parvient vite au sommet de la gloire. Mais quelques scandales accompagnent son ascension : le succès a souvent un goût sulfureux !

1664

Molière, déjà célèbre, accepte de représenter *La Thébaïde ou Les Frères ennemis*, tragédie que le public accueille favorablement.

1665

Racine écrit *Alexandre*, tragédie dont le héros est à la mode puisqu'on compare alors Louis XIV au grand héros macédonien (356-323 av. J.-C.). Il la confie d'abord à la troupe de Molière : la pièce remporte un vif succès. Mais quinze jours après la première, la troupe de l'Hôtel de Bourgogne, rivale de celle de Molière, joue le même texte ! Scandale dans le monde du théâtre : au XVIIe siècle, une troupe a l'exclusivité d'une pièce jusqu'à sa publication et n'autorise son auteur à la publier qu'après en avoir épuisé toutes les ressources. Racine, trop heureux que la troupe la plus célèbre de France accepte de jouer sa tragédie, n'a pas craint de rompre son contrat avec Molière. Les deux hommes restent brouillés à jamais.

1666

Nouveau fait d'éclat : Racine publie anonymement deux pamphlets contre Port-Royal. Un de ses anciens maîtres,

Pierre Nicole, a dénoncé l'immoralité du théâtre et traité les dramaturges d'« empoisonneurs publics ». Racine n'est pas alors directement visé par Nicole, mais les gens de Port-Royal lui ont fait savoir à plusieurs reprises combien ils réprouvent la voie sur laquelle il s'engage. La plume de Racine est reconnue : la rupture avec Port-Royal est violente et Racine s'attire la réputation d'ingrat. Mais il s'est fait connaître et poursuit son œuvre.

1667

Andromaque connaît un triomphe : la pièce est protégée par Henriette d'Angleterre. Le célèbre Montfleury meurt sur scène alors qu'il interprète avec passion Oreste. Thérèse Du Parc, maîtresse et peut-être épouse secrète de Racine, atteint le sommet de sa gloire en incarnant la veuve d'Hector. Désormais, Racine est considéré comme l'égal du vieux Corneille.

1668

Racine écrit *Les Plaideurs*, sa seule comédie, inspirée d'Aristophane (dramaturge grec, 450-386 av. J.-C.) : il amuse le roi et semble vouloir rivaliser avec Molière. Il se consacre par la suite au seul genre noble, la tragédie. C'est aussi l'année de la mort de la Du Parc. Racine la pleure, effondré. Fausse couche ou poison ? En 1679, lors de l'affaire des poisons, la Voisin prétend que, par jalousie, Racine aurait empoisonné l'actrice ! Mais l'affaire est étouffée par la justice.

1669

Racine se place sur le terrain de Corneille avec une pièce à sujet romain, *Britannicus*. Néron est un monstre naissant et amoureux : le public est un peu déconcerté, ce qui se double d'une cabale contre Racine. Le dramaturge commence une liaison avec une talentueuse actrice, la Champmeslé.

1670

Racine et Corneille s'affrontent sur le sujet romain de l'amour de Titus pour Bérénice. Pour Racine, « toute l'invention consiste à faire quelque chose de rien ». C'est sa *Bérénice* qui l'emporte, Racine est l'auteur du moment.

1672

Bajazet traite de passions violentes dans un contexte oriental, très à la mode. Vif succès.

1673

Mithridate est particulièrement apprécié par le roi. Racine est élu à l'Académie française : c'est un auteur consacré.

1674

Iphigénie est créée à Versailles. Racine reçoit la charge de trésorier de France ce qui lui assure des revenus importants. Il prépare la première édition de ses *Œuvres complètes*.

1677

Les premières représentations de *Phèdre* sont concurrencées par celles de *Phèdre et Hippolyte* de Pradon : c'est une véritable cabale organisée contre Racine, mais son chef-d'œuvre finit par l'emporter. C'est sa dernière pièce profane (au sujet non religieux).

L'historiographe du roi

1677

Racine est nommé, avec Boileau, historiographe du roi : il doit rédiger l'histoire du règne de Louis XIV. C'est la consécration absolue par le pouvoir et une véritable promotion sociale. Il quitte la vie de dramaturge et se marie avec Catherine de Romanet, fille de notaire, dont il aura sept enfants.

1678-1688

Racine suit le roi dans ses campagnes guerrières. Il fréquente madame de Maintenon, maîtresse du roi et, comme la cour, devient dévot.

1685

Lors de la réception de Thomas Corneille à l'Académie française, Racine fait l'éloge du grand Corneille, frère aîné du précédent. Les querelles s'effacent entre les anciens rivaux ;

leurs œuvres sont désormais autant reconnues et célébrées. Racine se rapproche enfin de Port-Royal.

1689

Madame de Maintenon a commandé à Racine une tragédie biblique pour que les jeunes pensionnaires de la maison de Saint-Cyr, qu'elle protège, puissent se divertir. Elles interprètent *Esther* « en privé », c'est-à-dire devant le roi.

1690

Racine est anobli comme gentilhomme ordinaire.

1691

Seconde et dernière tragédie biblique pour les demoiselles de Saint-Cyr, *Athalie*.

1694

Tout en restant proche du pouvoir, Racine est devenu l'auxiliaire des jansénistes dans leurs démêlés avec ce pouvoir. Il assiste même aux funérailles d'Arnauld, un des maîtres spirituels de Port-Royal. Il écrit des *Cantiques* liturgiques, mis en musique par Moreau.

1696

Racine est nommé conseiller-secrétaire du roi : il le voit donc en tête-à-tête et lui lit des livres. C'est aussi la période où Racine rédige son *Abrégé de l'histoire de Port-Royal*.

1697

Racine suit avec soin la nouvelle édition de ses œuvres dramaturgiques.

1699

Racine meurt et est inhumé, selon ses vœux, à Port-Royal. À la destruction de l'abbaye, en 1711, ses cendres sont transférées à l'église Saint-Étienne-du-Mont, à Paris.

CONTEXTES

Louis XIV ou le Roi-Soleil, protecteur des arts

Jean Racine est un contemporain de Louis XIV. Le roi est né un an avant lui et commence à régner en personne en 1661, après la régence qu'a assurée sa mère, Anne d'Autriche, avec l'aide du cardinal de Mazarin. C'est justement le moment où Racine se destine à l'écriture : les premières traces que nous avons gardées de lui sont d'ailleurs des poèmes à la louange de Louis XIV. Toutes ses pièces sont jouées à Paris et à la cour ; ses dernières tragédies sont commandées par madame de Maintenon, épouse secrète du roi ; à partir de 1677, la carrière de Racine va jusqu'à se confondre avec les activités de Louis XIV puisque, nommé historiographe, il le suit pendant ses campagnes et écrit l'histoire de son règne.

Si la vie d'un écrivain peut être mise ainsi en rapport avec celle de son souverain, c'est que Louis XIV inaugure un pouvoir personnel fort et met en place la monarchie absolue. Il assure seul les fonctions gouvernementales, en s'entourant de ministres issus de la bourgeoisie (Colbert, Lionne, Le Tellier, Louvois). Il contribue à donner une orientation nationale au catholicisme et réduit le protestantisme (le point culminant de cette politique est la Révocation de l'édit de Nantes, en 1685) ainsi que les mouvements indépendants tel le jansénisme. Il dompte la noblesse, dont il n'oublie pas les agissements séditieux lors de la Fronde : coupés des réalités politiques et économiques, les nobles le servent dans les nombreuses guerres qu'il mène pour agrandir son territoire ou lui rendent hommage à la cour selon une étiquette très stricte. En effet, en même temps qu'il concentre tous les pouvoirs, Louis XIV donne un caractère divin à sa royauté et organise un culte de sa personne, celui du Roi-Soleil.

La première partie de son règne le conduit à l'apogée : certes la vie du peuple reste misérable, mais la France se développe économiquement, affirme sa présence à l'étranger, et, surtout, l'État connaît un rayonnement culturel sans pareil. En effet, Louis XIV comprend que les arts peuvent servir à son rayonnement : il organise un système d'académies qui examinent les productions intellectuelles et artistiques, en littérature, peinture, sculpture, musique et architecture. Il récompense par des gratifications en argent ou en honneurs les créateurs qui lui plaisent : Molière, Racine, Lully et bien d'autres sont de ceux-là. Il entreprend de grands travaux comme la construction du château de Versailles, « palais enchanté », commencé dès 1661 où la cour s'installe progressivement : Mansart et Le Brun conçoivent les plans extérieurs ainsi qu'une décoration intérieure pleine de faste, telle la galerie des Glaces ; Le Nôtre dessine les jardins avec leurs bassins et leurs ensembles statuaires. L'avancée de l'ouvrage est ponctuée par des fêtes somptueuses : en 1674, c'est une semaine entière de divertissements magnifiques que le roi donne à toute sa cour pour célébrer la conquête de la Franche-Comté ; *Alceste* de Quinault y est joué, puis *Le Malade imaginaire* de Molière et *Iphigénie* de Racine...

Ce dynamisme insufflé aux arts pendant le règne de Louis XIV a donné à cette époque une couleur originale : c'est ce que la postérité a consacré comme étant le classicisme, terme qui s'applique aux productions de tous les arts et en particulier à la littérature.

Le foisonnement des œuvres classiques

Pendant ces années 1660-1685, la création littéraire est de premier ordre : les dernières tragédies de Corneille, le théâtre de Molière, celui de Racine, les *Maximes* de La Rochefoucauld, les *Fables* de La Fontaine, *La Princesse de Clèves* de madame de La Fayette, les poésies et traités de Boileau... Les auteurs de ces œuvres avaient sans doute conscience de participer à un moment exceptionnel de la création littéraire, comme cela avait été le cas dans la Grèce de Périclès, puis dans la Rome de Virgile – les œuvres des Anciens leur servaient d'ailleurs constamment de modèles et de référence. Mais ce n'est qu'au XVIIIe siècle qu'on voit apparaître le terme de « classique » et au XIXe que se développe celui de « classicisme » pour les caractériser : c'est que dès le XVIIIe siècle, on tient ces œuvres pour des modèles, dignes d'être enseignés. En effet, elles semblent être le reflet du moment où se fixe la langue française dans un idéal de perfection, de concision et de limpidité du style. Ainsi sont-elles considérées comme le fondement de l'identité culturelle de la France.

Il y a de fait une certaine convergence de ces œuvres parce qu'elles sont en accord avec leur public – certes assez restreint – et cela selon un code culturel et un goût partagé, ce qui peut donner l'impression d'une certaine unité. On peut estimer que le classicisme se caractérise par la recherche de la symétrie, de l'ordre et de la beauté, ce qui vaut tant pour les œuvres plastiques que pour la littérature. Les créateurs choisissent une expression formelle à la mesure du sujet qu'ils traitent : ainsi raison, retenue et maîtrise semblent-elles être la marque du goût classique et l'idéal de l'honnête homme.

Cependant ce terme de classicisme ne doit pas masquer la grande diversité des œuvres alors composées ni la vitalité des débats qui animent la vie artistique. Les livres qui paraissent sont commentés scrupuleusement par les lecteurs et sont des sujets de discussion pour ceux qui se retrouvent dans les salons. La rivalité entre les auteurs est grande : les théâtres se livrent une guerre sans pitié et font composer leurs dramaturges sur les mêmes sujets ; les spectateurs eux-mêmes voient à plusieurs reprises les mêmes spectacles. C'est l'époque de la naissance du journalisme avec *Le Mercure galant* de Donneau de Visé : on peut y trouver une chronique littéraire et dramatique et des comptes rendus académiques qui sont diffusés dans tout le pays. De leur côté, doctes, académiciens et littérateurs ne cessent de débattre : les nombreux épisodes de la querelle des Anciens et des Modernes –

il s'agit de considérer si les œuvres modernes valent autant, voire plus, que celles des Anciens – rythment le siècle de Louis XIV.

La tragédie, un genre majeur du théâtre

Lorsque Racine commence à écrire, la tragédie est un genre littéraire fortement codifié. Né en Grèce antique, ce genre a connu tout son éclat pendant la démocratie athénienne (Vᵉ siècle av. J.-C.) avec en particulier les œuvres d'Eschyle, de Sophocle et d'Euripide : la postérité a conservé et transmis certaines de leurs pièces, auxquelles se sont ajoutées les tragédies attribuées au philosophe latin Sénèque. Ce genre littéraire est progressivement redécouvert en France au XVIᵉ siècle en même temps que l'œuvre de son théoricien grec, Aristote (384-322 av. J.-C.), auteur de la *Poétique*. Mais les tragédies composées en France (*Hippolyte* de Garnier par exemple) sont alors surtout lyriques, et c'est au cours du XVIIᵉ siècle que la tragédie française parvient à sa forme spécifique. En effet, la décennie 1630-1640 est alors capitale puisque doctes et dramaturges confrontent leurs idées pour que le théâtre présente des œuvres qui touchent le plus efficacement possible leur public. À partir d'une réflexion sur les principes d'Aristote sont élaborées des règles propres au théâtre français qui guident les dramaturges dans leur composition. Mais la première partie du XVIIᵉ siècle apparaît encore comme un laboratoire d'expériences pour la tragédie (la grande variété de l'œuvre de Corneille en est l'illustration) et l'époque de la Fronde est peu propice à ce type de création littéraire. Le règne de la tragédie correspond au début de celui de Louis XIV. C'est exactement la période où Racine compose les siennes.
La caractéristique de la tragédie est de montrer un sujet digne, issu de l'histoire, de la mythologie ou de la Bible : les héros sont des personnages nobles confrontés à une situation de crise politique ou amoureuse le plus souvent fatale. La pitié et la crainte suscitées chez le spectateur par l'action montrée provoquent la purgation des passions *(catharsis)*.

Les règles du théâtre français stipulent que l'action doit être unique et non embarrassée par des épisodes secondaires sans rapport étroit avec le sujet principal : c'est l'unité d'action. Elle doit s'accomplir en une seule journée (unité de temps) et en un seul lieu (unité de lieu). Dans *Phèdre*, l'action est centrée sur la passion de la reine pour Hippolyte ; elle se déroule le jour du retour de Thésée à Trézène dans une antichambre du palais. L'action présentée sur scène cherche donc à s'approcher au plus près des conditions réelles de représentation.

Le respect de la vraisemblance est en outre impératif : l'auteur de théâtre ne doit mettre en scène que des actions que le public peut croire possibles, quitte à sacrifier la vérité historique. C'est pourquoi le merveilleux, fruit de l'imagination, est en général proscrit, seulement conçu comme un ornement poétique, cas limite de vraisemblance extraordinaire. Enfin, la bienséance prend une place de plus en plus importante dans le théâtre du XVIIᵉ siècle : les mœurs et le goût de l'époque doivent être suivis. Ainsi, dans *Phèdre*, Aricie ne peut se permettre de suivre Hippolyte qu'après une promesse de mariage ; ainsi, la mort du jeune homme ne peut être que racontée et non montrée sur scène, car elle est violente, ce qui pourrait heurter la sensibilité des spectateurs.

Il s'agit par ces règles de faire adhérer entièrement le spectateur à la représentation. Racine, loin d'être bridé dans sa création (il peut d'ailleurs flirter avec les limites de la bienséance tout comme il n'hésite pas à donner une force évocatoire au merveilleux païen), utilise toutes les ressources des règles de la tragédie pour donner de l'intensité à ses intrigues et faire apparaître l'intériorité de ses personnages.

La dernière pièce profane de Racine

Phèdre occupe une place particulière dans la création théâtrale de Jean Racine : au cours de treize années très fécondes (1664-1674), il a écrit dix pièces qui l'ont conduit à être reconnu très vite, dès *Andromaque*, comme le seul dramaturge à pouvoir prétendre égaler, et même l'emporter sur, le

« grand Corneille ». Avec *Phèdre*, le sujet choisi, issu d'un épisode de la mythologie grecque, a une résonance symbolique : Racine est désormais l'auteur français qui a su rivaliser avec les grands dramaturges de l'Antiquité. Qui plus est, au moment où l'opéra naît et devient très rapidement un dangereux rival pour la tragédie, au moment où Lully et Quinault mettent eux aussi sur scène des sujets mythologiques avec des spectacles à machines, Racine réussit – pour la dernière fois – à montrer toute la majesté du genre tragique. Ses deux tragédies bibliques ultérieures, *Esther* et *Athalie*, ne peuvent pas être mises sur le même plan puisqu'il les compose non pour une troupe théâtrale, mais pour les pensionnaires de Saint-Cyr. *Phèdre* apparaît donc comme le sommet d'une carrière et semble concentrer tout l'art du poète.

De fait, après *Phèdre*, tout change pour Racine ; il se détourne de la vie de dramaturge : plus de maîtresse dans le monde théâtral, mais une épouse effacée issue d'une bonne famille, et surtout un nouveau métier, celui d'historiographe du roi, position extrêmement prestigieuse sous Louis XIV. C'est aussi à partir de cette année 1677 que Racine retrouve une vie plus conforme aux exigences chrétiennes et que sa piété devient plus manifeste : dans les années qui suivent, il se réconcilie même avec ses maîtres, les solitaires de Port-Royal, catholiques très rigoureux. Aussi, comme la fatalité et la culpabilité tiennent une place prédominante dans *Phèdre*, pour de nombreux lecteurs modernes, cette dernière tragédie profane de Racine contient en germe son changement de carrière.

Vie	Œuvres
1639 Naissance à La Ferté-Milon. **1641** Mort de sa mère. **1643** Mort de son père ; adoption par ses grands-parents. **1649** Éducation à Port-Royal.	
	1660 *Ode sur la nymphe de la Seine* pour le mariage de Louis XIV.
1661 Séjour à Uzès en vue d'obtenir un bénéfice ecclésiastique.	
1663 Retour à Paris.	**1663** *Ode sur la convalescence du roi ;* *La Renommée aux Muses.* **1664** *La Thébaïde.*

TABLEAU CHRONOLOGIQUE

ÉVÉNEMENTS CULTURELS ET ARTISTIQUES	ÉVÉNEMENTS HISTORIQUES ET POLITIQUES
	1624 Richelieu, ministre de Louis XIII.
1635 Fondation de l'Académie française. **1637** Corneille, *Le Cid*	
	1638 Naissance de Louis XIV.
1642 Corneille, *Cinna*. **1643** Fondation de l'Illustre-Théâtre par les Béjart et Molière.	**1642** Mort de Richelieu. **1643** Mort de Louis XIII ; régence d'Anne d'Autriche aidée de Mazarin. **1648** Début de la Fronde. **1652** Retour du roi à Paris ; amnistie : fin de la Fronde.
1656 Pascal, les *Provinciales*. **1658** Installation de Molière au théâtre du Petit-Bourbon à Paris.	
	1660 Mariage de Louis XIV avec Marie-Thérèse d'Autriche.
1661 Installation de la troupe de Molière au Palais-Royal. **1662** Mort de Pascal. **1663** Molière, *L'École des femmes* ; Corneille, *Sophonisbe* ; Boyer, *La Thébaïde* ; création de l'Académie des inscriptions et belles-lettres. **1664** Molière, Tartuffe (censuré) ; La Rochefoucauld, *Maximes* (1ʳᵉ éd.)	**1661** Mort de Mazarin ; début du règne personnel de Louis XIV avec Le Tellier, Lionne et Colbert ; disgrâce de Fouquet. **1664** Dispersion des religieuses de Port-Royal.

VIE	ŒUVRES
1665 Rupture avec Molière.	**1665** *Alexandre.*
1666 Lettres contre Port-Royal : rupture avec les « solitaires » ; liaison avec l'actrice Thérèse Du Parc.	**1666** *Lettres à l'auteur des « Imaginaires ».*
	1667 *Andromaque.*
1668 Thérèse Du Parc meurt, peut-être empoisonnée.	**1668** *Les Plaideurs.*
	1669 *Britannicus.*
1670 Liaison avec la Champmeslé pour qui il écrit des rôles.	**1670** *Bérénice.*
	1672 *Bajazet.*
1673 Réception à l'Académie française.	
1674 Nommé trésorier de France en la généralité de Moulins.	**1674** *Iphigénie.*
1677 Abandon du théâtre ; mariage avec Catherine de Romanet ; nommé historiographe du roi.	**1677** *Phèdre.*
1679 Est compromis dans l'affaire des poisons.	

ÉVÉNEMENTS CULTURELS ET ARTISTIQUES	ÉVÉNEMENTS HISTORIQUES ET POLITIQUES
1665 La Fontaine, *Contes et Nouvelles* ; mort du peintre Nicolas Poussin.	
1666 Nicole, *Les Visionnaires* ; Molière, *Le Misanthrope* ; création de l'Académie des sciences.	**1666** Mort d'Anne d'Autriche.
	1667 Guerre de dévolution (conquête de la Flandre par la France).
1668 Molière, *George Dandin* ; La Fontaine, *Fables* (Livres I à VI).	**1668** Apaisement en matière religieuse ; paix d'Aix-la-Chapelle.
1669 Représentation de *Tartuffe*.	
1670 Corneille, *Tite et Bérénice* ; édition des *Pensées* de Pascal.	
1671 *Psyché*, tragédie-ballet ; *Bellérophon* de Quinault.	
1672 Thomas Corneille, *Ariane* ; Molière, *Les Femmes savantes*.	**1672** Installation progressive de la cour à Versailles.
1673 Mort de Molière ; opéra de Lully, *Cadmus et Hermione*.	**1673** Conquête de la Hollande.
1674 Corneille, *Suréna* (dernière tragédie) ; Boileau, *Art poétique*.	**1674** Fêtes à Versailles : triomphe de madame de Montespan ; occupation de la Franche-Comté par Louis XIV.
1675 Pradon, *Tamerlan ou La Mort de Bajazet*.	
	1676 Exécution de la marquise de Brinvilliers (affaire des poisons).
1677 Spinoza, *Éthique*.	**1677** Victoires françaises en Flandre.
1678 Madame de La Fayette, *La Princesse de Clèves*.	
	1679 Dispersion définitive des « solitaires ».

VIE	ŒUVRES
1683· Suit le roi en Alsace avec Boileau.	
	1684 *Précis des campagnes de Louis XIV.*
1685 Directeur de l'Académie ; réconciliation avec les « solitaires »	1685 *Idylle sur la paix.*
	1689 *Esther.*
1691 Anobli dans la qualité de gentilhomme ordinaire.	1691 *Athalie.*
	1695 Rédaction de l'*Histoire de Port-Royal.*
1696 Devient conseiller-secrétaire du roi.	
	1698 *Cantiques spirituels.*
1699 Mort de Racine ; enterrement à Port-Royal.	

ÉVÉNEMENTS CULTURELS ET ARTISTIQUES	ÉVÉNEMENTS HISTORIQUES ET POLITIQUES
	1680 Disgrâce progressive de madame de Montespan auprès du roi et faveur grandissante de madame de Maintenon.
	1682 Cour installée à Versailles.
1683 Quinault, *Phaéton*, opéra.	**1683** Mort de la reine.
1684 Mort de Corneille.	**1684** Mariage secret de Louis XIV avec madame de Maintenon.
	1685 Révocation de l'édit de Nantes.
1688 La Bruyère, *Les Caractères* ; Perrault, *Parallèle des Anciens et des Modernes*.	**1688** Guerre contre les Provinces-Unies.
1689 Fénélon, précepteur du duc de Bourgogne.	**1689** Guerre de la ligue d'Augsbourg : campagne du Palatinat.
	1691 Prise de Nice et invasion du Piémont par la France.
1694 Mort du grand Arnauld.	**1694** Famine en France.
	1715 Mort de Louis XIV.

À l'époque classique, les auteurs ne recherchent pas nécessairement une matière inédite. Bien plus, c'est l'imitation de
textes et de thèmes déjà connus qui leur permet de montrer
leur originalité et leur art. Racine n'a pas inventé l'histoire
de Phèdre. Plusieurs auteurs du théâtre français ont traité
avant lui ce sujet mythologique qu'ils ont eux-mêmes trouvé chez les dramaturges anciens, Euripide et Sénèque. C'est
ainsi que Racine a eu aussi à affronter un de ses contemporains, Jacques Pradon, qui fait jouer en même temps que lui
une *Phèdre et Hippolyte* dans un théâtre concurrent.

Un thème de la mythologie grecque

Dans la mythologie grecque, l'amour de Phèdre pour
Hippolyte est un des nombreux épisodes du mythe de
Thésée, héros grec, reconnu par les Athéniens comme fondateur de leur cité. Ce sont les dramaturges de l'Antiquité
qui ont vu dans cette passion interdite et non réciproque un
véritable sujet de tragédie.

Euripide : comment mettre en scène une femme passionnée ?

À Athènes, au Ve siècle avant Jésus-Christ, les auteurs pré-
sentent leurs pièces devant tous les citoyens lors de fêtes
religieuses. Les grandes dionysies (fêtes en l'honneur du dieu
Dionysos) sont l'occasion de concours dramatiques. Les dramaturges s'affrontent souvent sur les mêmes sujets.
Concernant l'amour de Phèdre pour son beau-fils, la postérité n'a gardé le texte que d'une seule tragédie, *Hippolyte
porte-couronne*, qu'Euripide (env. 480-406 av. J.-C.) a
composée vers 428. Quatre ans auparavant, Euripide avait
déjà proposé un *Hippolyte voilé*, pièce qui avait scandalisé
le public athénien car Phèdre y avouait son amour à
Hippolyte sans la pudeur qui convenait à son sexe. Puis
Sophocle (496-406 av. J.-C.) avait à son tour traité ce sujet

sans doute en le centrant sur la culpabilité de Phèdre. Quand, en 428, Euripide reprend l'épisode de la passion de Phèdre, il semble revenir sur les excès de sa première pièce : dans *Hippolyte porte-couronne*, l'héroïne est la victime choisie par la déesse Aphrodite pour châtier Hippolyte qui méprise son culte et ne se consacre qu'à celui de la déesse de la chasse, Diane ; si la reine aime le jeune homme, elle ne le lui avoue pas ; c'est à son insu que sa nourrice s'en charge ; Phèdre se donne alors la mort, laissant une tablette qui accuse Hippolyte de violences amoureuses ; Thésée réalise la vengeance programmée par Aphrodite en maudissant son fils. Dans cette tragédie, Hippolyte est le personnage principal et Phèdre disparaît au milieu de la pièce. Mais l'apparente rétractation de l'auteur ne saurait cacher l'importance du rôle de Phèdre : dans ce face-à-face avec la volonté divine, le personnage féminin ne cesse d'éprouver sa culpabilité, ce à quoi Racine a visiblement été sensible.

Comme Racine le souligne dans sa préface, il s'est inspiré d'Euripide. De fait, outre la malédiction de Thésée et le récit de la mort d'Hippolyte, le dramaturge français a en particulier repris la scène de l'aveu que Phèdre fait à sa nourrice de son amour coupable : certains de ses vers rendent tellement le sens de quelques passages grecs que des traducteurs d'Euripide n'hésitent pas désormais à les traduire par les vers raciniens ! Il y eut là, de toute évidence, un exercice de style pour Racine qui était fier de pouvoir lire le grec dans le texte, ce que peu de ses contemporains étaient en mesure de faire. Mais la tragédie d'Euripide lui a aussi et surtout donné matière à réflexion sur les ressorts dramaturgiques et tragiques.

Sénèque ou la passion déchaînée

Comme les pièces de Sénèque (4 av. J.-C. - 65 ap. J.-C.) étaient accessibles à tout homme lettré au XVIIe siècle, Racine a minimisé dans sa Préface sa dette envers l'écrivain romain : elle est pourtant de taille ! Sénèque s'est sans doute inspiré de la première tragédie d'Euripide : dans sa *Phèdre*, l'héroïne assume son aveu et avoue elle-même sa passion à

Hippolyte qui n'éprouve que haine pour le sexe féminin ; lorsque Thésée rentre des Enfers, c'est elle qui prend la parole pour accuser son beau-fils d'avoir voulu la violer ; après la malédiction de Thésée contre Hippolyte, c'est encore elle qui vient avouer la vérité à son époux. Elle est présente tout au long de la pièce et, par son action au cours de la tragédie, semble assumer son amour coupable. Mais Sénèque s'attache, plus encore qu'Euripide, à décrire les états physiques et moraux du personnage : à travers l'aliénation de Phèdre, il montre comment la passion dévaste l'être humain.

Racine a gardé plusieurs éléments dramatiques de la pièce de Sénèque : l'aveu de l'héroïne à Hippolyte, l'absence puis le retour de Thésée, la confession finale à Thésée. Mais il a aussi conservé la description de la fureur amoureuse et des ravages de la passion : on en retrouve de nombreux éléments dans sa tragédie.

À ces sources antiques explicites s'ajoutent un grand nombre de références à d'autres auteurs grecs et latins : bien des allusions ou des expressions rappellent des passages de Sophocle, du biographe Plutarque, du romancier Héliodore, des poètes latins lyriques et épiques Ovide, Virgile, Horace ou Properce. En effet, la longue fréquentation des textes anciens hante Racine. C'est là un des fondements essentiels de son esthétique : il s'affirme comme le continuateur des Anciens. C'est pourquoi il ne fait aucunement référence à ses contemporains qui l'ont pourtant influencé.

Une passion coupable qui fascine les dramaturges français

Les *Hippolyte* français

Du XVIe au XVIIe siècle, l'amour de Phèdre pour Hippolyte apparaît dans plusieurs textes dramatiques français que Racine a sans doute lus : *Hippolyte* de Robert Garnier (1573), *Hippolyte* de Guérin de La Pinelière (1634), *Hippolyte ou Le Garçon insensible* de Gabriel Gilbert (1647) et *Hippolyte* de Mathieu Bidar (1675). Dans les pièces de La Pinelière, de Gilbert et de Bidar, l'atmosphère antique est estompée pour laisser place chez les deux derniers à une surenchère de galanterie. En outre, Gilbert et

Bidar ont choisi de ne faire de Phèdre que la fiancée de Thésée de façon à gommer la situation incestueuse de l'épisode mythique.

Mais certaines des innovations des auteurs du XVIIᵉ siècle sont capitales : elles ont enrichi le mythe et Racine ne les a pas ignorées. Phèdre est devenue le personnage tragique de la pièce ; outre l'amour, elle éprouve de la jalousie car Hippolyte est devenu sensible : la misogynie du personnage antique ne convient plus aux mœurs du siècle (même dans la tragédie de Gilbert, le titre est trompeur : Hippolyte est amoureux... de Phèdre, ce qui n'empêche pas le dénouement (fatal) : la nourrice se suicide ; et chez Bidar enfin, Phèdre meurt par le poison, ce que Racine a repris.

La calomniatrice

Dans le mythe antique, lorsque Thésée revient chez lui, Phèdre accuse Hippolyte d'avoir tenté de la séduire. Cette péripétie retrouve un thème récurrent dans la littérature : celui de la femme mariée qui calomnie le jeune homme qu'elle aime parce qu'il a refusé ses avances. Ainsi, lorsque Racine a repris cette matière, il a sans doute pensé au célèbre passage de la Genèse (livre 39) où l'épouse de Putiphar, repoussée par Joseph, horrifié, l'accuse d'avoir voulu la corrompre et prend pour preuve le manteau qu'il a laissé tomber en la fuyant. Racine a sans doute connu aussi la version du récit médiéval, *La Châtelaine du Vergi*, que Marguerite de Navarre a donnée dans *l'Heptameron* : un jeune chevalier calomnié par la femme du duc de Bourgogne se défend en arguant son amour pour la jeune châtelaine du Vergi ; l'épouse du duc, rendue jalouse, fait croire à la jeune fille que le chevalier la trompe. Celle-ci meurt de douleur, son amant se suicide sur son corps. Quant à la duchesse de Bourgogne, son époux détrompé finit par la tuer. Le thème de la calomniatrice est dramatique par excellence puisqu'il permet un rebondissement inattendu avec l'accusation portée contre une victime innocente, et, par là même, il fait jouer un ressort pathétique propre à émouvoir des spectateurs.

L'originalité de Racine

Si Racine se distingue de ses prédécesseurs français et de son concurrent, Jacques Pradon, c'est qu'« il sait écrire », comme il le fait hautement remarquer. Il a aussi été attentif à exploiter dans le mythe tout ce qui a une portée dramatique : il valorise ce qui est de l'ordre de la nécessité psychologique chez ses personnages. Il situe la crise tragique dans le crime : Phèdre est l'épouse de Thésée, ce qui rend incestueux son amour pour Hippolyte ; le jeune homme lui aussi commet une lourde faute en aimant celle qui lui est interdite par la loi paternelle, Aricie. Ce dernier personnage est une véritable invention de Racine, même si ses prédécesseurs avaient déjà rendu Hippolyte amoureux. Avec elle, Racine crée un personnage qu'il affilie à la partie de la famille de Thésée qui lui est ennemie et qu'il a décimée. Aricie n'est donc pas une simple héroïne galante, créée dans le seul but que les modernes ne se moquent pas d'un jeune homme insensible aux femmes : elle fait éprouver à Hippolyte une passion d'autant plus violente qu'elle lui est défendue par son père. Aricie permet au dramaturge de concentrer des passions interdites et opposées. Il n'y a ainsi aucun espoir pour les amoureux, sauf de façon passagère. Enfin, l'atmosphère mythologique que Racine a valorisée souligne la fatalité de l'action dramatique.

La création de *Phèdre* : jours de cabale

La cabale du Sublime

La première de la tragédie de Racine fut jouée le 1ᵉʳ janvier 1677 par la troupe de l'Hôtel de Bourgogne sous le titre de *Phèdre et Hippolyte*. Deux jours plus tard, une tragédie portant le même titre, composée par Jacques Pradon (1644-1698), est représentée à l'Hôtel Guénégaud, théâtre concurrent. Les deux pièces, leurs auteurs et leurs partisans s'affrontent.

Au XVIIᵉ siècle, rivaliser sur un sujet n'est pas rare : lorsqu'ils « doublent » une pièce, les auteurs peuvent se vanter, comme le fit Pradon, de « noble émulation ». Ce climat leur rappelle sans doute le dynamisme quasi mythique du théâtre grec ancien : à leur tour, les dramaturges français font montre de leur art ! De fait, la guerre que se livrent les théâtres parisiens témoigne de la vitalité de la scène française ainsi que de l'intérêt que lui porte alors le public. Les spectateurs vont volontiers voir et revoir la même pièce ; les spectacles nourrissent leurs conversations et leurs écrits.

Racine a déjà connu ce type de rivalité. En 1670, sa *Bérénice* a été donnée sur scène sept jours après la première de *Tite et Bérénice* de Corneille, ce qui nous apparaît comme l'acte le plus éclatant de leur compétition même si Racine parle alors de coïncidence : la tragédie est l'occasion de montrer qu'il l'emporte désormais sur son vieux rival. Mais pendant la saison 1674-1675, il essaie d'empêcher qu'une autre *Iphigénie*, composée par Coras et Le Clerc, ne vienne faire de l'ombre à sa création : Racine n'est pas connu pour être beau joueur et nombre de ses préfaces montrent à quel point il prenait mal toute critique, qu'il considérait comme une attaque personnelle.

Enfin, en 1677, c'est ouvertement que Pradon prétend « rencontrer » Racine : la duchesse de Bouillon lui en aurait soufflé l'idée dans le but d'affaiblir le cercle littéraire concurrent du sien et constitué autour de madame de Montespan, cette « chambre du Sublime » où règnent Boileau et Racine. Lorsque Pradon a composé sa pièce, il est clair qu'il avait un certain nombre de renseignements sur la tragédie que préparait Racine. Il est souvent arrivé à Racine de lire des passages des pièces qu'il écrivait dans des salons avant qu'elles ne fussent jouées ; les amis et les habitués commentaient l'œuvre au cours de sa création ; des ennemis pouvaient éventer les inventions du dramaturge. Certaines ressemblances, comme la création du personnage d'Aricie que Pradon justifie de façon fantaisiste, en témoignent. Cependant Pradon a profondément transformé la légende antique en supprimant ou atténuant ce qui n'était pas bienséant (l'inceste, la calomnie) pour l'époque : chez lui, l'esprit galant l'emporte sur le tragique.

La cabale des sonnets

Les premières représentations se déroulent dans un climat trouble : Louis Racine, le fils du dramaturge qui fut son biographe, a raconté que la duchesse de Bourgogne et son frère, le duc de Nevers, auraient loué les loges de l'Hôtel de Bourgogne pour les laisser vides ; un autre témoignage assure qu'au contraire la duchesse de Bourgogne aurait dû se cacher pour assister à une représentation de la tragédie de Racine et que le théâtre était comble ! Il est malaisé de savoir exactement ce qui s'est passé, mais les partisans des deux camps encouragent leur protégé quand ils ne s'attaquent pas à son rival. À cette guerre des représentations s'ajoute bientôt celle des sonnets anonymes qui circulent dans Paris. Dès le lendemain de la première de Racine, un sonnet attaque vigoureusement la tragédie. Ce premier témoignage malveillant ne manque néanmoins pas de sel !

« Dans un fauteuil doré, Phèdre, tremblante et blême,
Dit des vers où d'abord personne n'entend rien.
La nourrice lui fait un sermon fort chrétien
Contre l'affreux dessein d'attenter à soi-même.

Hippolyte la hait presque autant qu'elle l'aime.
Rien ne change son air ni son chaste maintien.
La nourrice l'accuse ; elle s'en punit bien.
Thésée a pour son fils une rigueur extrême.

Une grosse Aricie au cuir noir, aux crins blonds
N'est là que pour montrer deux énormes tétons
Que, malgré sa froideur, Hippolyte idolâtre.

Il meurt enfin, traîné par les coursiers ingrats,
Et Phèdre, après avoir pris de la mort-aux-rats,
Vient en se confessant mourir sur le théâtre. »

Il s'agit probablement d'une « création commune » faite rapidement après la représentation. Racine et son fidèle ami, le poète Boileau, susceptibles, composèrent ou firent composer à des amis un sonnet attaquant sous des pseudonymes trop clairs le duc de Nevers et madame de Bouillon. Nevers le prit

mal, rima un dernier sonnet, et un de ses amis menaça de
« couper le nez à Despréaux [Boileau] et à Racine ». Comme
il arrivait au XVIIe siècle que certaines querelles littéraires
dégénèrent en véritables coups de bâtons, Racine et Boileau
désavouèrent leur sonnet et se réfugièrent à l'hôtel du Grand
Condé : seules la protection et l'intervention de ce prince
purent faire cesser la « cabale des sonnets » !

Racine, du désespoir à la victoire

Il est difficile de connaître le bilan exact des représentations des deux tragédies. Il est probable que la pièce de
Pradon emporta un certain succès les premiers jours.
L'historien Valincour a décrit Racine très découragé :
« Durant plusieurs jours la pièce de Pradon triompha, mais
tellement que la pièce de Racine fut sur le point de tomber,
et à Paris et à la cour. Je vis Racine au désespoir. » Louis
Racine, dans la biographie qu'il a faite de son père, a aussi
insisté sur la douleur du dramaturge. Mais il est vraisemblable que Valincour et Louis Racine, qui ont écrit bien
après les événements, ont insisté sur ce fait pour mettre en
valeur la victoire ultérieure de Racine. Car après le mouvement de curiosité du public pour la pièce de Pradon, la
tragédie de Racine s'est imposée : après quelques semaines,
elle est seule à l'affiche.

La pièce est publiée le 15 mars 1677, deux jours après celle
de Pradon. Mais Racine ne fait aucune allusion à la cabale,
ce qui est sans doute aussi une façon de se situer bien
au-dessus de son adversaire. Le 25 août 1680, lors de la
première représentation que donne la Comédie-Française
après la fusion des troupes parisiennes, c'est *Phèdre et
Hippolyte* qui est choisie : la dernière tragédie profane est
ainsi consacrée comme grand texte du répertoire français. Et
c'est en 1687, lors de la seconde édition des œuvres complètes, que Racine a donné le titre définitif de *Phèdre* à sa
tragédie, bien conscient que l'originalité de sa pièce tenait
dans la force de ce personnage.

Jean Racine. Burin d'Edelinck (1640-1707).
Bibliothèque nationale, Paris.

Phèdre

RACINE

théâtre, tragédie

Représentée pour la première fois
le 1er janvier 1677

Préface

Voici encore[1] une tragédie dont le sujet est pris d'Euripide. Quoique j'aie suivi une route un peu différente de celle de cet auteur pour la conduite de l'action, je n'ai pas laissé[2] d'enrichir ma pièce de tout ce qui m'a paru plus éclatant[3]
5   dans la sienne. Quand je ne lui devrais que la seule idée du caractère de Phèdre, je pourrais dire que je lui dois ce que j'ai peut-être mis de plus raisonnable[4] sur le théâtre. Je ne suis point étonné que ce caractère ait eu un succès si heureux du temps d'Euripide, et qu'il ait encore si bien réussi
10 dans notre siècle, puisqu'il a toutes les qualités qu'Aristote[5] demande dans le héros de la tragédie, et qui sont propres à exciter la compassion et la terreur. En effet, Phèdre n'est ni tout à fait coupable, ni tout à fait innocente. Elle est engagée, par sa destinée et par la colère des dieux, dans une
15 passion illégitime, dont elle a horreur toute la première. Elle fait tous ses efforts pour la surmonter. Elle aime mieux se laisser mourir que de la déclarer à personne. Et lorsqu'elle est forcée de la découvrir, elle en parle avec une confusion qui fait bien voir que son crime est plutôt une punition des
20 dieux qu'un mouvement de sa volonté.

---

1. **Encore** : *Phèdre* vient juste après *Iphigénie* (1674) dont le sujet aussi était emprunté au poète tragique grec Euripide (480-406 av. J.-C.). Sur l'*Hippolyte* composé par ce dernier, voir les sources.
2. **Je n'ai pas laissé** : je n'ai pas manqué.
3. **Plus éclatant** : le plus éclatant (comparatif à valeur de superlatif).
4. **Raisonnable** : qui se développe avec rigueur et clarté.
5. **Aristote** : philosophe grec (384-322 av. J.-C.) dont la *Poétique* a défini les sentiments que doit susciter une tragédie – pitié et terreur. C'est en son nom que les règles du théâtre ont été fixées au XVIIᵉ siècle, et Racine était d'autant plus justifié à se référer à lui qu'il savait le grec et avait lu et annoté la *Poétique* dans le texte.

J'ai même pris soin de la rendre un peu moins odieuse qu'elle n'est dans les tragédies des Anciens[1], où elle se résout d'elle-même à accuser Hippolyte. J'ai cru que la calomnie avait quelque chose de trop bas et de trop noir 25 pour la mettre dans la bouche d'une princesse qui a d'ailleurs des sentiments si nobles et si vertueux. Cette bassesse m'a paru plus convenable à une nourrice qui pouvait avoir des inclinations plus serviles[2], et qui néanmoins n'entreprend cette fausse accusation que pour sauver la vie et 30 l'honneur de sa maîtresse. Phèdre n'y donne les mains[3] que parce qu'elle est dans une agitation d'esprit qui la met hors d'elle-même, et elle vient un moment après dans le dessein de justifier l'innocence et de déclarer la vérité.

Hippolyte est accusé, dans Euripide et dans Sénèque, 35 d'avoir en effet violé sa belle-mère : *vim corpus tulit*[4]. Mais il n'est ici accusé que d'en avoir eu le dessein. J'ai voulu épargner à Thésée une confusion qui l'aurait pu rendre moins agréable[5] aux spectateurs.

Pour ce qui est du personnage d'Hippolyte, j'avais 40 remarqué dans les Anciens qu'on reprochait à Euripide de l'avoir représenté comme un philosophe exempt de toute imperfection : ce qui faisait que la mort de ce jeune prince causait beaucoup plus d'indignation que de pitié. J'ai cru lui devoir donner quelque faiblesse qui le rendrait un peu 45 coupable envers son père, sans pourtant lui rien ôter de cette grandeur d'âme avec laquelle il épargne l'honneur de Phèdre et se laisse opprimer sans l'accuser. J'appelle faiblesse la

---

1. **Anciens** : les auteurs anciens, c'est-à-dire, outre Euripide, le poète et philosophe latin Sénèque (2 av. J.-C.-65 ap. J.-C.), auteur d'une *Phèdre*.
2. **Serviles** : littéralement, qui sont propres à un esclave, ce qu'était une nourrice dans la Grèce antique.
3. **N'y donne les mains** : n'y contribue.
4. **Vim corpus tulit** : « mon corps a subi sa violence », citation extraite de *Phèdre* de Sénèque.
5. **Agréable** : acceptable. La grande règle, pour Racine, est de plaire.

passion qu'il ressent malgré lui pour Aricie, qui est la fille
et la sœur des ennemis mortels de son père.

50   Cette Aricie n'est point un personnage de mon invention.
Virgile[1] dit qu'Hippolyte l'épousa et en eut un fils, après
qu'Esculape[2] l'eut ressuscité. Et j'ai lu encore dans quelques
auteurs qu'Hippolyte avait épousé et emmené en Italie une
jeune Athénienne de grande naissance, qui s'appelait Aricie,
55   et qui avait donné son nom à une petite ville d'Italie[3].

Je rapporte ces autorités[4], parce que je me suis très scrupuleusement attaché à suivre la fable[5]. J'ai même suivi
l'histoire de Thésée, telle qu'elle est dans Plutarque[6].

C'est dans cet historien que j'ai trouvé que ce qui avait
60   donné occasion de croire que Thésée fût descendu dans les
enfers pour enlever Proserpine était un voyage que ce prince
avait fait en Épire[7] vers la source de l'Achéron, chez un
roi[8] dont Pirithoüs voulait enlever la femme, et qui arrêta[9]
Thésée prisonnier, après avoir fait mourir Pirithoüs.
65   Ainsi j'ai tâché de conserver la vraisemblance de l'histoire,
sans rien perdre des ornements de la fable, qui fournit extrêmement à la poésie. Et le bruit de la mort de Thésée, fondé
sur ce voyage fabuleux, donne lieu à Phèdre de faire une
déclaration d'amour qui devient une des principales causes
70   de son malheur, et qu'elle n'aurait jamais osé faire tant
qu'elle aurait cru que son mari était vivant.

---

1. **Virgile** : poète latin (70-19 av. J.-C.). Voir l'*Énéide*, chant VII, vers 761-762.
2. **Esculape** : dieu de la Médecine.
3. **Une petite ville d'Italie** : la source de Racine est *La Galerie de tableaux* de l'écrivain grec Philostrate (v. 175-v. 279 ap. J.-C.), traduite pour la première fois en français à la fin du XVIᵉ siècle.
4. **Ces autorités** : ces auteurs qui font autorité.
5. **La fable** : la source mythologique. Sens propre à la langue classique.
6. **Plutarque** : écrivain grec (v. 50-v. 125 ap. J.-C.), auteur de *Vies parallèles* d'hommes illustres.
7. **En Épire** : région de la péninsule des Balkans où les Grecs situaient les Enfers.
8. **Un roi** : il s'agit, selon Plutarque, d'Ædonée.
9. **Arrêta** : retint.

Au reste, je n'ose encore assurer que cette pièce soit en
effet[1] la meilleure de mes tragédies. Je laisse aux lecteurs et
au temps à décider de son véritable prix. Ce que je puis
75 assurer, c'est que je n'en ai point fait où la vertu soit plus
mise en jour[2] que dans celle-ci. Les moindres fautes y sont
sévèrement punies. La seule pensée du crime y est regardée
avec autant d'horreur que le crime même. Les faiblesses de
l'amour y passent pour de vraies faiblesses ; les passions n'y
80 sont présentées aux yeux que pour montrer tout le désordre
dont elles sont cause ; et le vice y est peint partout avec des
couleurs qui en font connaître et haïr la difformité[3]. C'est
là proprement le but que tout homme qui travaille pour le
public doit se proposer ; et c'est ce que les premiers poètes
85 tragiques avaient en vue sur toute chose[4]. Leur théâtre était
une école où la vertu n'était pas moins bien enseignée que
dans les écoles des philosophes. Aussi Aristote a bien voulu
donner des règles du poème dramatique ; et Socrate[5], le
plus sage des philosophes, ne dédaignait pas de mettre la
90 main aux tragédies d'Euripide[6]. Il serait à souhaiter que nos
ouvrages fussent aussi solides et aussi pleins d'utiles ins-
tructions que ceux de ces poètes. Ce serait peut-être un
moyen de réconcilier la tragédie avec quantité de personnes

---

1. **Soit en effet** : soit vraiment.
2. **Mise en jour** : mise en évidence.
3. **La difformité** : la monstruosité.
4. **Sur toute chose** : par-dessus tout.
5. **Socrate** : penseur grec (470-399 av. J.-C.) qui est le protagoniste principal
des dialogues philosophiques de Platon.
6. **Euripide** : ce fait est rapporté par Diogène Laërce, écrivain grec du
IIIᵉ siècle ap. J.-C. dans *Vies et opinions des philosophes illustres*, livre II,
chap. 5.

célèbres par leur piété et par leur doctrine[1], qui l'ont
95 condamnée dans ces derniers temps[2], et qui en jugeraient
sans doute plus favorablement si les auteurs songeaient
autant à instruire leurs spectateurs qu'à les divertir, et s'ils
suivaient en cela la véritable intention[3] de la tragédie.

---

1. **Doctrine** : savoir.
2. **Dans ces derniers temps** : Racine fait référence aux attaques de l'Église
et de ses anciens maîtres jansénistes contre le théâtre en particulier Pierre
Nicole, auteur des *Visionnaires* (1667) et du *Traité de la comédie* (1667,
réédité en 1675). Le prince de Conti, par exemple, autrefois protecteur de
Molière et de sa troupe, s'était brusquement converti et avait violemment
attaqué le théâtre dans un *Traité de la comédie et des spectacles* (1666).
3. **Intention** : finalité.

REPÈRES

• Relevez les différents auteurs mentionnés par Racine et précisez dans chaque cas ce qu'il leur doit. Vous pouvez vous aider pour cela des informations sur la genèse de l'œuvre.

• Pourquoi sont-ce uniquement des auteurs antiques qui sont mentionnés par Racine ? Comment les nomme-t-il ?

OBSERVATION

• Quels sont les différents points abordés par Racine dans cette préface ? Dans quel ordre mentionne-t-il les personnages de sa pièce ? Relevez pour chacun d'eux l'élément principal discuté par le poète : que met-il en relief concernant la construction de ces personnages ? Distinguez les variantes déclarées par rapport à ses sources : Racine a-t-il voulu se distinguer ? être fidèle ? Justifiez votre opinion.

• Relevez toutes les remarques apportant un point de vue sur la tragédie et plus généralement la fonction du théâtre. Relevez les informations concernant le jugement porté sur le théâtre par ses contemporains.

INTERPRÉTATIONS

• Sachant que le texte de la pièce était imprimé après les premières représentations, quelle vous paraît être la fonction de cette préface ? Racine explique-t-il à qui il s'adresse ? Selon vous, s'agit-il du simple spectateur ou des critiques savants de son époque, voire de ses rivaux ? Essayez de justifier votre réponse en vous aidant des réponses précédentes.

Personnages

THÉSÉE	*fils d'Égée, roi d'Athènes.*
PHÈDRE	*femme de Thésée, fille de Minos*
mourante	*et de Pasiphaé.*
HIPPOLYTE	*fils de Thésée et d'Antiope,*
aime Aricie	*reine des Amazones.*
ARICIE	*princesse du sang royal d'Athènes.*
THÉRAMÈNE	*gouverneur d'Hippolyte.*
ŒNONE	*nourrice et confidente de Phèdre.*
	wet nurse
ISMÈNE	*confidente d'Aricie.*
PANOPE	*femme de la suite de Phèdre.*
GARDES.	

La scène est à Trézène, ville du Péloponnèse.

ACTE PREMIER

SCÈNE PREMIÈRE. HIPPOLYTE, THÉRAMÈNE.

HIPPOLYTE

Le dessein[1] en est pris : je pars, cher Théramène,
Et quitte le séjour de l'aimable Trézène[2].
Dans le doute mortel dont je suis agité,
Je commence à rougir de mon oisiveté.
5 Depuis plus de six mois éloigné de mon père,
J'ignore le destin d'une tête[3] si chère ;
J'ignore jusqu'aux lieux qui le peuvent cacher.

THÉRAMÈNE

Et dans quels lieux, seigneur, l'allez-vous donc chercher ?
Déjà pour satisfaire à votre juste crainte,
10 J'ai couru les deux mers[4] que sépare Corinthe ;
J'ai demandé Thésée aux peuples de ces bords
Où l'on voit l'Achéron[5] se perdre chez les morts ;
J'ai visité l'Élide, et, laissant le Ténare[6],
Passé jusqu'à la mer qui vit tomber Icare[7].
15 Sur quel espoir nouveau, dans quels heureux climats
Croyez-vous découvrir la trace de ses pas ?
Qui sait même, qui sait si le roi votre père
Veut que de son absence on sache le mystère ?
Et si, lorsque avec vous nous tremblons pour ses jours,

---

1. **Le dessein** : la décision.
2. **L'aimable Trézène** : port du Péloponnèse où Thésée est venu se purifier après le massacre des Pallantides, frères d'Aricie.
3. **Une tête** : une personne.
4. **Les deux mers** : la mer Ionienne et la mer Égée (voir carte p. 192).
5. **L'Achéron** : un des fleuves des Enfers.
6. **L'Élide, le Ténare** : région et cap du Péloponnèse.
7. **La mer qui vit tomber Icare** : la mer Égée, près des îles de Samos et d'Icarie, au large de l'Asie Mineure.

20 Tranquille et nous cachant de nouvelles amours,
Ce héros n'attend point qu'une amante abusée[1]...

HIPPOLYTE

Cher Théramène, arrête ; et respecte Thésée.
De ses jeunes erreurs désormais revenu,
Par un indigne obstacle il n'est point retenu ;
25 Et, fixant de ses vœux l'inconstance fatale,
Phèdre depuis longtemps ne craint plus de rivale,
Enfin, en le cherchant je suivrai mon devoir,
Et je fuirai ces lieux, que je n'ose plus voir.

THÉRAMÈNE

Eh ! depuis quand, seigneur, craignez-vous la présence
30 De ces paisibles lieux si chers à votre enfance,
Et dont je vous ai vu préférer le séjour
Au tumulte pompeux d'Athène[2] et de la cour[3] ?
Quel péril, ou plutôt quel chagrin[4] vous en chasse ?

HIPPOLYTE

Cet heureux temps n'est plus. Tout a changé de face
35 Depuis que sur ces bords les dieux ont envoyé
La fille de Minos et de Pasiphaé.

THÉRAMÈNE

J'entends[5] : de vos douleurs la cause m'est connue.
Phèdre ici vous chagrine et blesse votre vue.
Dangereuse marâtre[6], à peine elle vous vit,
40 Que votre exil d'abord signala son crédit[7].
Mais sa haine sur vous autrefois attachée,
Ou s'est évanouie, ou s'est bien relâchée.

---

1. **Une amante abusée** : une amoureuse (qui aime et est aimée dans la langue classique) trompée.
2. **Athène** : l'absence de -s au nom Athènes permet l'élision du e final et la syllabation avec « et ». C'est une licence poétique.
3. **Le tumulte pompeux [...] de la cour** : Théramène parle d'Athènes comme de la cour de Versailles et de sa « pompe » (son apparat).
4. **Chagrin** : tourment, souffrance morale.
5. **J'entends** : je comprends.
6. **Marâtre** : belle-mère (péj.).
7. **Son crédit** : son influence sur Thésée puisqu'elle obtient qu'il exile son fils.

Et d'ailleurs quels périls vous peut faire courir
Une femme mourante, et qui cherche à mourir ?
45 Phèdre, atteinte d'un mal qu'elle s'obstine à taire,
Lasse enfin d'elle-même et du jour qui l'éclaire,
Peut-elle contre vous former quelques desseins ?

HIPPOLYTE

Sa vaine inimitié n'est pas ce que je crains.
Hippolyte en partant fuit une autre ennemie :
50 Je fuis, je l'avouerai, cette jeune Aricie,
Reste d'un sang fatal conjuré contre nous.

THÉRAMÈNE

Quoi ! vous-même, seigneur, la persécutez-vous ?
Jamais l'aimable sœur des cruels Pallantides
Trempa-t-elle aux complots de ses frères perfides ?
55 Et devez-vous haïr ses innocents appas[2] ?

HIPPOLYTE

Si je la haïssais, je ne la fuirais pas.

THÉRAMÈNE

Seigneur, m'est-il permis d'expliquer votre fuite ?
Pourriez-vous n'être plus ce superbe[3] Hippolyte
Implacable ennemi des amoureuses lois[4],
60 Et d'un joug[5] que Thésée a subi tant de fois ?
Vénus, par votre orgueil si longtemps méprisée,
Voudrait-elle à la fin justifier Thésée[6] ?
Et, vous mettant au rang du reste des mortels,

---

1. **Des cruels Pallantides** : les frères d'Aricie que Thésée a massacrés pour le trône de Trézène.
2. **Appas** : attraits physiques, charmes.
3. **Superbe** : orgueilleux.
4. **Des amoureuses lois** : des lois de l'amour. L'adjectif est « objectif » et non « subjectif ».
5. **Joug** : dépendance. Le mot est constamment employé pour désigner la domination de l'amour sur les personnages.
6. **Justifier Thésée** : lui donner raison. Si Hippolyte, qui n'a jamais aimé, aime enfin, ce sera comme si Vénus, déesse de l'Amour, avait donné raison à son père qui, comme le rappellent les vers 20-21, a beaucoup et souvent aimé.

Vous a-t-elle forcé d'encenser ses autels[1] ?
65 Aimeriez-vous, seigneur ?

                    HIPPOLYTE
                    Ami, qu'oses-tu dire ?
Toi, qui connais mon cœur depuis que je respire.
Des sentiments d'un cœur si fier[2], si dédaigneux,
Peux-tu me demander le désaveu honteux ?
C'est peu qu'avec son lait une mère amazone[3]
70 M'a fait sucer encor cet orgueil qui t'étonne.
Dans un âge plus mûr moi-même parvenu,
Je me suis applaudi quand je me suis connu.
Attaché près de moi par un zèle sincère,
Tu me contais alors l'histoire de mon père.
75 Tu sais combien mon âme, attentive à ta voix,
S'échauffait aux récits de ses nobles exploits ;
Quand tu me dépeignais ce héros intrépide
Consolant les mortels de l'absence d'Alcide[4],
Les monstres étouffés et les brigands punis,
80 Procruste, Cercyon, et Scirron, et Sinnis,
Et les os dispersés du géant d'Épidaure,
Et la Crète fumant du sang du Minotaure[5].
Mais, quand tu récitais des faits moins glorieux,
Sa foi[6] partout offerte et reçue en cent lieux ;
85 Hélène à ses parents dans Sparte dérobée[7] ;

---

1. **Encenser ses autels** : lui rendre un culte, c'est-à-dire aimer.
2. **Fier** : farouche, sauvage (*ferus* en latin, caractère d'une bête sauvage).
3. **Une mère amazone** : la mère d'Hippolyte est en effet l'Amazone Antiope.
4. **Alcide** : Hercule, descendant d'Alcée.
5. **Procruste, Cercyon, Scirron, Sinnis, le géant d'Épidaure, le Minotaure** : les quatre premiers sont des bandits tués par Thésée sur le chemin de Trézène à Athènes. Le géant d'Épidaure est également un brigand. Quant au Minotaure, mi-homme, mi-taureau, Thésée l'avait tué grâce à l'aide d'Ariane. Voir le « Petit dictionnaire mythologique et historique de *Phèdre* ».
6. **Sa foi** : sa promesse de fidélité.
7. **Hélène [...] dérobée** : Thésée, ébloui par la beauté naissante d'Hélène, l'enleva alors qu'elle n'était qu'une enfant. Il finit par la rendre à ses parents. C'est la même Hélène qui, devenue épouse de Ménélas, fut enlevée par Pâris et devint la cause de la guerre de Troie.

Salamine témoin des pleurs de Péribée[1] ;
Tant d'autres, dont les noms lui sont même échappés,
Trop crédules esprits que sa flamme[2] a trompés :
Ariane aux rochers contant ses injustices[3] ;
90 Phèdre enlevée enfin sous de meilleurs auspices[4] ;
Tu sais comme, à regret écoutant ce discours,
Je te pressais souvent d'en abréger le cours.
Heureux si j'avais pu ravir à la mémoire[5]
Cette indigne moitié d'une si belle histoire !
95 Et moi-même, à mon tour, je me verrais lié[6] !
Et les dieux jusque-là m'auraient humilié !
Dans mes lâches soupirs[7] d'autant plus méprisable,
Qu'un long amas d'honneurs rend Thésée excusable,
Qu'aucuns monstres[8] par moi domptés jusqu'aujourd'hui,
100 Ne m'ont acquis le droit de faillir comme lui !
Quand même ma fierté pourrait s'être adoucie,
Aurais-je pour vainqueur dû choisir Aricie ?
Ne souviendrait-il plus à mes sens égarés
De[9] l'obstacle éternel qui nous a séparés ?
105 Mon père la réprouve ; et, par des lois sévères,
Il défend de donner des neveux à ses frères :
D'une tige coupable il craint un rejeton[10] ;

1. **Péribée** : abandonnée à Salamine par Thésée qui l'avait prise à Minos et aimée.
2. **Sa flamme** : son amour. Métaphore constante dans la pièce. Racine écrit aussi « *ses feux* », filant ainsi la métaphore.
3. **Ariane [...] ses injustices** : Ariane avait été abandonnée par Thésée dans l'île de Naxos.
4. **De meilleurs auspices** : Phèdre allait épouser Thésée.
5. **Ravir à la mémoire** : effacer du souvenir.
6. **Lié** : asservi par l'amour (vocabulaire galant).
7. **Soupirs** : soupirs d'amour.
8. **Qu'aucuns monstres** : que nuls (aucun s'emploie au pluriel dans la langue classique) monstres.
9. **Ne souviendrait-il [...] de** : mes sens égarés auraient-ils oublié l'obstacle...
10. **Un rejeton** : le descendant d'une lignée (métaphore végétale commencée avec le nom « *tige* »).

Il veut avec leur sœur ensevelir leur nom,
Et que, jusqu'au tombeau soumise à sa tutelle,
110 Jamais les feux d'hymen ne s'allument pour elle[1].
Dois-je épouser ses droits contre un père irrité ?
Donnerai-je l'exemple à la témérité ?
Et, dans un fol amour ma jeunesse embarquée...

THÉRAMÈNE

Ah ! seigneur ! si votre heure est une fois marquée[2],
115 Le ciel de nos raisons ne sait point s'informer.
Thésée ouvre vos yeux, en voulant les fermer ;
Et sa haine, irritant une flamme rebelle[3],
Prête à son ennemi une grâce nouvelle.
Enfin, d'un chaste amour pourquoi vous effrayer ?
120 S'il a quelque douceur, n'osez-vous l'essayer[4] ?
En croirez-vous toujours un farouche scrupule[5] ?
Craint-on de s'égarer sur les traces d'Hercule[6] ?
Quels courages[7] Vénus n'a-t-elle pas domptés ?
Vous-même où seriez-vous, vous qui la combattez,
125 Si toujours Antiope à ses lois opposée[8]
D'une pudique ardeur n'eût brûlé pour Thésée ?
Mais que sert d'affecter un superbe discours[9] ?
Avouez-le, tout change ; et, depuis quelques jours,

---

1. **Que jamais les feux d'hymen ne s'allument pour elle** : que jamais le mariage ne lui soit possible.
2. **Si votre heure est une fois marquée** : si votre destin l'a décidé.
3. **Une flamme rebelle** : un amour contraire à sa volonté.
4. **L'essayer** : en faire l'expérience.
5. **En croirez-vous [...] scrupule** : obéirez-vous toujours à votre insensibilité ?
6. **Hercule** était connu pour ses travaux, mais aussi pour ses innombrables conquêtes amoureuses.
7. **Quels courages** : quels cœurs fiers (métonymie du sentiment pour leur siège dans le corps).
8. **Opposée** : Antiope, mère d'Hippolyte, était vouée à la chasteté, donc opposée à Vénus.
9. **Affecter un superbe discours** : feindre un langage orgueilleux (il s'agit de celui qu'a fait Hippolyte).

On vous voit moins souvent, orgueilleux et sauvage,
130 Tantôt faire voler un char sur le rivage,
Tantôt, savant dans l'art par Neptune inventé[9],
Rendre docile au frein un coursier indompté ;
Les forêts de nos cris moins souvent retentissent :
Chargés d'un feu secret, vos yeux s'appesantissent.
135 Il n'en faut point douter : vous aimez, vous brûlez ;
Vous périssez d'un mal que vous dissimulez.
La charmante[1] Aricie a-t-elle su vous plaire ?

HIPPOLYTE
Théramène, je pars, et vais chercher mon père.   (blanc). abrupt.

THÉRAMÈNE
Ne verrez-vous point Phèdre avant que de partir,
140 Seigneur ?

HIPPOLYTE
C'est mon dessein : tu peux l'en avertir.
Voyons-la, puisque ainsi mon devoir me l'ordonne.
Mais quel nouveau malheur trouble sa chère Œnone ?

---

1. **L'art par Neptune inventé** : périphrase pour l'art de la cavalerie, enseigné
par Neptune aux Grecs.
2. **Charmante** : ensorceleuse.

REPÈRES

• Où a lieu la scène ? Quand ? Présentez les deux personnages en présence et définissez leur relation. Qui est au centre du dialogue ?
• Puis relevez tous ceux dont il est question et qui sont aussi dans la pièce (consultez pour cela la liste des personnages, précédant le texte proprement dit). Qu'apprend-on sur chacun d'eux, leur situation, les relations qui les unissent et celles qu'ils entretiennent avec les deux personnages en présence ? Vous définirez ainsi clairement le point de départ de l'action au moment où s'ouvre la pièce.

OBSERVATION

• Qu'apprend-on sur Hippolyte ? Étudiez le vocabulaire de l'amour dans le propos du jeune homme, relevez les périphrases, les métaphores : quel tableau s'en dégage-t-il ? Montrez que le champ lexical utilisé entre en relation étroite avec son personnage.
• Les deux personnages ont-ils la même idée de l'amour ? Justifiez votre réponse en précisant l'opinion de chacun et en relevant toutes leurs expressions (périphrases, métaphores). Montrez le rôle que joue le rappel du passé dans chaque opinion.

INTERPRÉTATIONS

• « Ce qu'on ne doit point voir, qu'un récit nous l'expose » : cette scène vous paraît-elle obéir à la définition de l'exposition selon Nicolas Boileau (*Art poétique*, III, 51) ? Quelle est l'intention d'Hippolyte au début de la scène ? Qu'a-t-il dit à la fin ? Comment qualifier ce qu'il raconte finalement à Théramène ? Quel vous paraît être le rôle de celui-ci dans cette scène ? Quelle fonction ont ses erreurs d'interprétation ? L'action a-t-elle avancé finalement ? Citez le texte.
• Sachant que le personnage était connu des spectateurs du XVIIᵉ siècle, Hippolyte pouvait-il encore leur apparaître ici comme Hippolyte ? Montrez que la pièce s'ouvre ainsi sur une temporalité nouvelle et dites ce qu'apportent les informations sur Phèdre. Selon vous, le temps de la représentation correspond-il tout à fait au passé merveilleux de la mythologie ? Essayez de justifier votre réponse.

SCÈNE 2. HIPPOLYTE, THÉRAMÈNE, ŒNONE.

ŒNONE

Hélas ! seigneur, quel trouble au mien peut être égal ?
La reine touche presque à son terme fatal[1].
145 En vain à l'observer jour et nuit je m'attache ;
Elle meurt dans mes bras d'un mal qu'elle me cache.
Un désordre éternel règne dans son esprit ;
Son chagrin inquiet[2] l'arrache de son lit :
Elle veut voir le jour ; et sa douleur profonde
150 M'ordonne toutefois d'écarter tout le monde...
Elle vient...

HIPPOLYTE

Il suffit : je la laisse en ces lieux,
Et ne lui montre point un visage odieux[3].

SCÈNE 3. PHÈDRE, ŒNONE.

PHÈDRE

N'allons point plus avant, demeurons[4], chère Œnone.
Je ne me soutiens plus ; ma force m'abandonne :
155 Mes yeux sont éblouis du jour que je revoi[5] ;
Et mes genoux tremblants se dérobent sous moi.
Hélas !
(Elle s'assied.)

ŒNONE

Dieux tout-puissants, que nos pleurs vous apaisent !

---

1. **Son terme fatal** : sa mort, fixée par le destin.
2. **Inquiet** : qui ne la laisse pas en repos.
3. **Un visage odieux** : un visage qu'elle déteste.
4. **Demeurons** : arrêtons-nous.
5. **Je revoi** : licence poétique permettant la « rime pour l'œil » revoi - moi.

PHÈDRE

Que ces vains ornements, que ces voiles me pèsent !
Quelle importune main, en formant tous ces nœuds,
160 A pris soin sur mon front d'assembler mes cheveux ?
Tout m'afflige, et me nuit, et conspire à me nuire.

ŒNONE

Comme on voit tous ses vœux l'un l'autre se détruire !
Vous-même, condamnant vos injustes desseins[1],
Tantôt[2] à vous parer vous excitiez nos mains ;
165 Vous-même, rappelant votre force première,
Vous vouliez vous montrer et revoir la lumière,
Vous la voyez, madame ; et, prête à vous cacher,
Vous haïssez le jour que vous veniez chercher !

PHÈDRE

Noble et brillant auteur d'une triste famille,
170 Toi, dont ma mère osait se vanter d'être fille[3],
Qui peut-être rougis du trouble où tu me vois,
Soleil, je te viens voir pour la dernière fois !

ŒNONE

Quoi ! vous ne perdrez point cette cruelle envie ?
Vous verrai-je toujours, renonçant à la vie,
175 Faire de votre mort les funestes[4] apprêts ?

PHÈDRE

Dieux ! que ne suis-je assise à l'ombre des forêts !
Quand pourrai-je, au travers d'une noble poussière[5],
Suivre de l'œil un char fuyant dans la carrière ?

ŒNONE

Quoi, madame ?

---

1. **Vos injustes desseins** : l'injuste volonté de mourir.
2. **Tantôt** : tout à l'heure.
3. **Fille** : le dieu Hélios – le Soleil – était le père de Pasiphaé.
4. **Funestes** : qui concernent la mort. Du latin *funus*, c'est-à-dire « deuil »,
« funérailles ». Le sens est beaucoup plus fort dans la langue classique
qu'aujourd'hui.
5. **Une noble poussière** : figure de style par déplacement (hypallage). C'est
la course de char qui est un sport « noble », parce que réservé à l'aristocratie.

Sarah Bernhardt (Phèdre) et Mlle Boulanger (Œnone).
Photographie de Nadar (1820-1910).
Bibliothèque nationale, Paris.

PHÈDRE

Insensée ! où suis-je ? et qu'ai-je dit ?
180 Où laissé-je égarer mes vœux[1] et mon esprit ?
Je l'ai perdu : les dieux m'en ont ravi l'usage.
Œnone, la rougeur me couvre le visage :
Je te laisse trop voir mes honteuses douleurs ;
Et mes yeux, malgré moi, se remplissent de pleurs.

ŒNONE

185 Ah ! s'il vous faut rougir, rougissez d'un silence
Qui de vos maux encore aigrit[2] la violence.
Rebelle à tous nos soins, sourde à tous nos discours,
Voulez-vous, sans pitié, laisser finir vos jours ?
Quelle fureur[3] les borne au milieu de leur course ?
190 Quel charme ou quel poison en a tari la source ?
Les ombres par trois fois ont obscurci les cieux
Depuis que le sommeil n'est entré dans vos yeux ;
Et le jour a trois fois chassé la nuit obscure
Depuis que votre corps languit sans nourriture.
195 À quel affreux dessein vous laissez-vous tenter ?
De quel droit sur vous-même osez-vous attenter ?
Vous offensez les dieux auteurs de votre vie ;
Vous trahissez l'époux à qui la foi vous lie ;
Vous trahissez enfin vos enfants malheureux,
200 Que vous précipitez sous un joug rigoureux.
Songez qu'un même jour leur ravira leur mère,
Et rendra l'espérance au fils de l'étrangère,
À ce fier ennemi de vous, de votre sang[4],
Ce fils qu'une Amazone a porté dans son flanc,

---

1. **Mes vœux** : mes désirs amoureux.
2. **Aigrit** : aggrave.
3. **Quelle fureur** : quelle folie furieuse.
4. **De votre sang** : de votre lignée, famille.

205 Cet Hippolyte...

PHÈDRE

Ah ! dieux !

ŒNONE

Ce reproche vous touche ?

PHÈDRE

Malheureuse ! quel nom est sorti de ta bouche !

ŒNONE

Eh bien ! votre colère éclate avec raison :
J'aime à vous voir frémir à ce funeste nom.
Vivez donc : que l'amour, le devoir, vous excite ;
210 Vivez, ne souffrez pas que le fils d'une Scythe[1],
Accablant vos enfants d'un empire odieux[2],
Commande au plus beau sang de la Grèce et des dieux[3].
Mais ne différez point ; chaque moment vous tue :
Réparez promptement votre force abattue,
215 Tandis que de vos jours, prêts à[4] se consumer,
Le flambeau dure encore, et peut se rallumer.

PHÈDRE

J'en ai trop prolongé la coupable durée.

ŒNONE

Quoi ! de quelques remords êtes-vous déchirée ?
Quel crime a pu produire un trouble si pressant[5] ?
220 Vos mains n'ont point trempé dans le sang innocent.

PHÈDRE

ne sont Jamais

Grâces au ciel, mes mains ne sont point criminelles.
Plût aux dieux que mon cœur fût innocent comme elles !

cry

---

1. **Le fils d'une Scythe** : Hippolyte. Les Amazones vivaient en Scythie, rivage
nord de la mer Noire, contrée hostile et sauvage dans la mythologie grecque.
2. **Un empire odieux** : une détestable domination.
3. **Au plus beau sang [...] dieux** : Œnone rappelle à Phèdre que les enfants
de Thésée sont de race pure, descendants des dieux, tandis qu'Hippolyte est
à moitié barbare par sa mère. Les Grecs méprisaient ceux qu'ils appelaient
les « barbares ».
4. **Prêts à** : près de, c'est-à-dire tout proches de.
5. **Pressant** : oppressant.

ŒNONE

Et quel affreux projet avez-vous enfanté
Dont votre cœur encor[1] doive être épouvanté ?

PHÈDRE

225 Je t'en ai dit assez : épargne-moi le reste.
Je meurs, pour ne point faire un aveu si funeste.

ŒNONE

Mourez donc, et gardez un silence inhumain ;
Mais pour fermer vos yeux cherchez une autre main ;
Quoiqu'il vous reste à peine une faible lumière,
230 Mon âme chez les morts descendra la première[2] ;
Mille chemins ouverts y conduisent toujours,
Et ma juste douleur choisira les plus courts.
Cruelle ! quand ma foi[3] vous a-t-elle déçue ?
Songez-vous qu'en naissant mes bras vous ont reçue ?
235 Mon pays, mes enfants, pour vous j'ai tout quitté.
Réserviez-vous ce prix à ma fidélité ?

PHÈDRE

Quel fruit[4] espères-tu de tant de violence ?
Tu frémiras d'horreur si je romps le silence.

ŒNONE

Et que me direz-vous qui ne cède, grands dieux,
240 À l'horreur de vous voir expirer à mes yeux ?

PHÈDRE

Quand tu sauras mon crime et le sort qui m'accable,
Je n'en mourrai pas moins ; j'en mourrai plus coupable.

ŒNONE

Madame, au nom des pleurs que pour vous j'ai versés,
Par vos faibles genoux que je tiens embrassés,

---

1. **Encor** : la suppression du e final, qui joue sur la souplesse orthographique de l'époque, permet un compte juste des syllabes.
2. **Mon âme chez les morts descendra la première** : Œnone se représente la mort conformément à la tradition de la poésie antique – comme un voyage « en bas », chez les morts.
3. **Ma foi** : ma fidélité (voir v. 236).
4. **Quel fruit** : quel résultat.

245 Délivrez mon esprit de ce funeste doute.

PHÈDRE

Tu le veux : lève-toi.

ŒNONE

Parlez : je vous écoute.

PHÈDRE

Ciel ! que lui vais-je dire ? et par où commencer ?

ŒNONE

Par de vaines frayeurs cessez de m'offenser[1].

PHÈDRE

Ô haine de Vénus ! Ô fatale colère !

250 Dans quels égarements l'amour jeta ma mère[2] !

ŒNONE

Oublions-les madame ; et qu'à tout l'avenir
Un silence éternel cache ce souvenir.

PHÈDRE

Ariane, ma sœur, de quel amour blessée
Vous mourûtes aux bords où vous fûtes laissée !

ŒNONE

255 Que faites-vous, madame ? et quel mortel ennui[3]
Contre tout votre sang[4] vous anime aujourd'hui ?

PHÈDRE

Puisque Vénus le veut, de ce sang déplorable
Je péris la dernière et la plus misérable.

ŒNONE

Aimez-vous ?

PHÈDRE

De l'amour j'ai toutes les fureurs.

ŒNONE

260 Pour qui ?

---

1. **M'offenser** : me faire souffrir.
2. **Ma mère** : voir le « Petit dictionnaire mythologique » et l'étude d'ensemble consacrée au même sujet.
3. **Ennui** : haine, dans la langue classique.
4. **Contre tout votre sang** : contre toute votre ascendance.

PHÈDRE
Tu vas ouïr le comble des horreurs.
J'aime... À ce nom fatal, je tremble, je frissonne.
J'aime...

ŒNONE
Qui ?

PHÈDRE
Tu connais ce fils de l'Amazone,
Ce prince si longtemps par moi-même opprimé ?

ŒNONE
Hippolyte ? Grands dieux !

PHÈDRE
C'est toi qui l'as nommé !

ŒNONE
265 Juste ciel ! tout mon sang dans mes veines se glace !
Ô désespoir ! ô crime ! ô déplorable race !
Voyage infortuné ! Rivage malheureux,
Fallait-il approcher de tes bords dangereux !

PHÈDRE
Mon mal vient de plus loin. À peine au fils d'Égée
270 Sous les lois de l'hymen[1] je m'étais engagée,
Mon repos, mon bonheur semblait être affermi ;
Athènes me montra mon superbe ennemi[2] :
Je le vis, je rougis, je pâlis à sa vue ;
Un trouble s'éleva dans mon âme éperdue ;
275 Mes yeux ne voyaient plus, je ne pouvais parler ;
Je sentis tout mon corps et transir et brûler ;
Je reconnus Vénus et ses feux redoutables,
D'un sang qu'elle poursuit tourments inévitables.
Par des vœux assidus je crus les détourner :
280 Je lui bâtis un temple, et pris soin de l'orner ;

---

1. **Les lois de l'hymen** : les lois du mariage.
2. **Mon superbe ennemi** : Hippolyte, qui est superbe, c'est-à-dire farouche, fier (sens latin de *superbus*) et ennemi, puisqu'il suscite un amour interdit.

De victimes moi-même à toute heure entourée,
Je cherchais dans leurs flancs¹ ma raison égarée :
D'un incurable amour remèdes impuissants !
En vain sur les autels ma main brûlait l'encens :
285 Quand ma bouche implorait le nom de la déesse,
J'adorais Hippolyte ; et, le voyant sans cesse,
Même au pied des autels que je faisais fumer,
J'offrais tout à ce dieu que je n'osais nommer.
Je l'évitais partout. Ô comble de misère !
290 Mes yeux le retrouvaient dans les traits de son père.
Contre moi-même enfin j'osai me révolter :
J'excitai mon courage à le persécuter.
Pour bannir l'ennemi dont j'étais idolâtre,
J'affectai les chagrins² d'une injuste marâtre ;
295 Je pressai son exil ; et mes cris éternels
L'arrachèrent du sein et des bras paternels.
Je respirais, Œnone ; et, depuis son absence,
Mes jours moins agités coulaient dans l'innocence ;
Soumise à mon époux, et cachant mes ennuis,
300 De son fatal hymen je cultivais les fruits³.
Vaines précautions ! Cruelle destinée !
Par mon époux lui-même à Trézène amenée,
J'ai revu l'ennemi que j'avais éloigné :
Ma blessure trop vive aussitôt a saigné.
305 Ce n'est plus une ardeur dans mes veines cachée :
C'est Vénus tout entière à sa proie attachée⁴.
J'ai conçu pour mon crime une juste terreur :
J'ai pris la vie en haine et ma flamme en horreur ;

---

1. **Dans leurs flancs** : conformément aux rites des religions antiques, Phèdre a consulté les entrailles des animaux sacrifiés pour y lire l'avenir.
2. **Les chagrins** : les sentiments aigres, hostiles.
3. **De son fatal hymen je cultivais les fruits** : j'élevais les enfants, fruits de mon mariage avec Thésée (fatal, puisque occasion de voir Hippolyte).
4. **Attachée** : traduction ou souvenir d'un vers des *Odes* du poète latin Horace (65-8 av. J.-C.) : « Vénus tout entière se jetant sur moi » (I, IXI, 9).

Je voulais en mourant prendre soin de ma gloire[1],
310 Et dérober au jour une flamme si noire :
Je n'ai pu soutenir tes larmes, tes combats ;
Je t'ai tout avoué ; je ne m'en repens pas,
Pourvu que, de ma mort respectant les approches,
Tu ne m'affliges plus par d'injustes reproches,
315 Et que tes vains secours cessent de rappeler
Un reste de chaleur tout prêt à s'exhaler.

SCÈNE 4. PHÈDRE, ŒNONE, PANOPE.

PANOPE

Je voudrais vous cacher une triste nouvelle,
Madame : mais il faut que je vous la révèle.
La mort vous a ravi votre invincible époux ;
320 Et ce malheur n'est plus ignoré que de vous.

ŒNONE

Panope, que dis-tu ?

PANOPE

Que la reine abusée
En vain demande au ciel le retour de Thésée ;
Et que, par des vaisseaux arrivés dans le port,
Hippolyte son fils vient d'apprendre sa mort.

PHÈDRE

325 Ciel !

PANOPE

Pour le choix d'un maître Athènes se partage :
Au prince votre fils l'un donne son suffrage,
Madame ; et de l'État, l'autre oubliant les lois,
Au fils de l'étrangère ose donner sa voix.

---

1. **Ma gloire** : mon honneur, ma réputation.

REPÈRES

• Quelle est la fonction dramatique de la scène 2 ? Montrez qu'elle pourrait annoncer la fin de l'intrigue. Comment Œnone nous apparaît-elle ?
• D'après cette scène et la suivante, Phèdre correspond-elle à ce qui a été dit d'elle auparavant ? Relevez ce qu'elle décrit de son état et concluez. À partir de quel moment peut-on dire qu'elle se reprend ? Citez le texte.

OBSERVATION

• Proposez un découpage de la scène en fonction des propos d'Œnone à Phèdre : quel(s) rôle(s) la première joue-t-elle ici ? Comparez avec celui de Théramène dans la scène 1 et montrez comment elle conduit le dialogue. Pourquoi est-il important que ce soit elle qui nomme Hippolyte (v. 264) ? Quel est l'effet produit par l'emploi du verbe « *aimer* » sans complément (v. 259) ? Cherchez son équivalent dans la scène 1.
• Repérez l'alternance de plaintes et d'informations dans la parole de Phèdre. De quoi, de qui se plaint-elle précisément ? Ne s'intéresse-t-elle qu'à elle-même ? Étudiez la tirade de l'aveu : identifiez les étapes qu'elle définit en fonction des temps verbaux et des indications de temps. Faites la synthèse des marques corporelles de la passion.
• Relevez les occurrences du verbe « *rougir* » dans cette scène en expliquant chacunes d'elles. À quel champ lexical pouvez-vous le rattacher ? Avec quel autre mot essentiel entre-t-il en relation ? Comment expliquez-vous son importance ?

INTERPRÉTATIONS

• Phèdre voulait-elle déclarer son amour ? Pourquoi ? Pourquoi la scène se ferme-t-elle sur sa tirade ? Concluez : ici encore, en quoi réside l'action dramatique ? À quoi le temps de la représentation est-il occupé ?
• Montrez que toute cette scène constitue une explication des premiers mots que Théramène a prononcés sur Phèdre (v. 44-47). Quelle vision la tragédie racinienne vous semble-t-elle donner de la parole ?

On dit même qu'au trône une brigue[1] insolente
330 Veut placer Aricie et le sang de Pallante[2].
J'ai cru de ce péril vous devoir avertir.
Déjà même Hippolyte est tout prêt à partir ;
Et l'on craint, s'il paraît dans ce nouvel orage,
Qu'il n'entraîne après lui tout un peuple volage[3].

ŒNONE

335 Panope, c'est assez : la reine qui t'entend
Ne négligera point cet avis important.

SCÈNE 5. PHÈDRE, ŒNONE.

ŒNONE

Madame, je cessais de vous presser de vivre ;
Déjà même au tombeau, je songeais à vous suivre ;
Pour vous en détourner je n'avais plus de voix ;
340 Mais ce nouveau malheur vous prescrit d'autres lois.
Votre fortune[4] change et prend une autre face :
Le roi n'est plus, madame ; il faut prendre sa place.
Sa mort vous laisse un fils à qui vous vous devez,
Esclave s'il vous perd, et roi si vous vivez.
345 Sur qui, dans son malheur, voulez-vous qu'il s'appuie ?
Ses larmes n'auront plus de main qui les essuie ;
Et ses cris innocents, portés jusques aux dieux,
Iront contre sa mère irriter ses aïeux.

---

1. **Une brigue :** une faction, une ligue.
2. **Le sang de Pallante :** la lignée de Pallante (mettre Aricie sur le trône reviendrait en effet à donner le pouvoir à son ascendance).
3. **Un peuple volage :** un peuple inconstant (cette appréciation est un lieu commun du discours sur le peuple, depuis l'Antiquité).
4. **Votre fortune :** votre sort (Œnone évoque la déesse Fortuna).

Vivez ; vous n'avez plus de reproche à vous faire :
350 Votre flamme devient une flamme ordinaire ;
Thésée en expirant vient de rompre les nœuds
Qui faisaient tout le crime et l'horreur de vos feux.
Hippolyte pour vous devient moins redoutable ;
Et vous pouvez le voir sans vous rendre coupable.
355 Peut-être, convaincu de votre aversion,
Il va donner un chef à la sédition[1] :
Détrompez son erreur, fléchissez son courage.
Roi de ces bords heureux, Trézène est son partage[2] ;
Mais il sait que les lois donnent à votre fils
360 Les superbes remparts que Minerve a bâtis[3].
Vous avez l'un et l'autre une juste ennemie[4] :
Unissez-vous tous deux pour combattre Aricie.

PHÈDRE

Eh bien ! à tes conseils je me laisse entraîner.
Vivons, si vers la vie on peut me ramener,
365 Et si l'amour d'un fils, en ce moment funeste,
De mes faibles esprits peut ranimer le reste.

---

1. **Peut-être convaincu de votre aversion [...] sédition** : sûr que vous le
haïssez, il risque d'accepter d'être le chef de la révolte.
2. **Roi de ces bords heureux [...] partage** : en tant que roi, Trézène lui
revient.
3. **Bâtis** : Minerve, c'est-à-dire Athéna, était la protectrice d'Athènes.
4. **Une juste ennemie** : une ennemie toute désignée.

Repères

• Consultez l'index notionnel et dites en quoi consiste la « péripétie »
de la scène 4. Précisez-en les conséquences sur le plan de l'action :
se situe-t-elle sur le même plan dramatique que les informations des
scènes précédentes ? Comparez la situation avec celle de la scène 1
de l'acte.
• Quelle peut être alors la fonction de la scène 5 ?
• Précisez quelles sont les trois solutions politiques possibles pour
la succession de Thésée.

Observation

• Que peut-on imaginer de l'attitude de Phèdre dans la scène 4 ?
Quel est l'effet produit par la mention répétée de son état de
« *reine* » ? Pourquoi est-ce Œnone qui congédie Panope ? En quoi
la péripétie modifie-t-elle l'attitude de la suivante ? Quel rôle joue-
t-elle désormais auprès de Phèdre ?
• « Raisonnement destiné à prouver ou réfuter une proposition » : à
partir de cette définition du mot « argument », dites quels sont les
arguments utilisés par Œnone pour encourager Phèdre à vivre.
Faites-en un relevé ordonné et commentez leur progression. Sont-ils
tous sur le même plan ? Essayez de les définir en précisant à quelle part
sensible de Phèdre ils s'adressent. Quelles vous paraissent être les
motivations essentielles d'Œnone ? Montrez qu'elle tente de proposer une convergence des intérêts politiques et amoureux de la reine.
• Par quoi selon vous Phèdre est-elle finalement touchée ?
Comment se présente-t-elle ? Qui peut être désigné par le pronom
« *on* » (v. 364) ? Dites aussi les sens différents que peut prendre
l'expression « *l'amour d'un fils* ».

Interprétations

• Sur quelle tonalité s'achève ce premier acte ? Quelle action
annonce-t-il ? Comment Phèdre présente-t-elle pour sa part l'enjeu
de l'action dramatique ? Les choses vous paraissent-elles claires ?
Quel rapport s'établit-il finalement entre suspens et espoir ?

Parole et passions

L'exposition de *Phèdre* est essentiellement occupée par deux aveux adressés à deux confidents qui jouent un rôle actif dans chacune des déclarations. Le couple Phèdre-Œnone semble répéter le couple Hippolyte-Théramène : la pièce s'ouvre ainsi sur une apparente symétrie. De fait, le nom de l'aimé(e) est l'objet du suspens dramatique, comme si tout allait être joué dès lors qu'il serait connu. C'est que, dans la tragédie racinienne, la parole porte une menace qui fait de l'aveu un moment de tension et de danger considérables. Or, il n'y a d'aveu que de la passion : dès lors, l'action s'organise autour de l'intérêt amoureux des personnages, au point que la péripétie de la mort de Thésée semble d'abord servir cet intérêt, avant même la dimension politique de la succession au trône qu'elle implique.

Maladie de l'amour et temps

Mais qu'est-ce donc que l'amour ? S'il signifie pour Hippolyte un changement radical de sa nature farouche de chasseur, il peut apparaître comme ce qui arrache Phèdre à son état de reine. Dans les deux cas, il est vécu comme une malédiction, un mal qui contraint à fuir l'« objet » du sentiment. L'amour bouleverse le temps vécu et l'identité des personnages, et c'est à ce titre qu'il vient coïncider avec le temps de la tragédie.

Phèdre en sursis

On comprend alors que Phèdre ait donné son nom à la pièce. Annoncée comme mourante, entrée en scène en plein délire, elle projette sur toute l'action une dimension funèbre, transportant le spectateur « à l'ombre des forêts », « aux bords » où les femmes demeurent délaissées, dans les chemins qui descendent vers la mort. Sa plainte creuse l'espace dramatique d'un arrière-plan rempli d'ombres célèbres, de liens, de tout un passé mythologique si régnant qu'il semble venir occuper un moment le tout premier plan de l'action. Car c'est une famille entière que la passion de Phèdre rappelle au spectateur, faisant ainsi du maintien de sa vie l'enjeu de la suite de l'action dramatique.

ACTE II

SCÈNE PREMIÈRE. ARICIE, ISMÈNE.

ARICIE

Hippolyte demande à me voir en ce lieu ?
Hippolyte me cherche, et veut me dire adieu ?
Ismène, dis-tu vrai ? N'es-tu point abusée ?

ISMÈNE

370 C'est le premier effet de la mort de Thésée.
Préparez-vous, madame, à voir de tous côtés
Voler vers vous les cœurs par Thésée écartés.
Aricie, à la fin[1], de son sort est maîtresse,
Et bientôt à ses pieds verra toute la Grèce.

ARICIE

375 Ce n'est donc point, Ismène, un bruit mal affermi ?
Je cesse d'être esclave, et n'ai plus d'ennemi ?

ISMÈNE

Non, madame, les dieux ne vous sont plus contraires
Et Thésée a rejoint les mânes de vos frères[2].

ARICIE

Dit-on quelle aventure a terminé ses jours ?

ISMÈNE

380 On sème de sa mort d'incroyables discours.
On dit que, ravisseur d'une amante nouvelle,
Les flots ont englouti cet époux infidèle ;
On dit même, et ce bruit est partout répandu,
Qu'avec Pirithoüs[3] aux enfers descendu,
385 Il a vu le Cocyte[4] et les rivages sombres,

---

1. À la fin : enfin.
2. Les mânes de vos frères : les âmes de vos frères qui sont morts.
3. Pirithoüs : compagnon de Thésée.
4. Le Cocyte : un des fleuves de l'Enfer, qui prend sa source, comme l'Achéron, en Épire.

Et s'est montré vivant aux infernales ombres ;
Mais qu'il n'a pu sortir de ce triste séjour,
Et repasser les bords qu'on passe sans retour.

ARICIE

Croirai-je qu'un mortel, avant sa dernière heure,
390 Peut pénétrer des morts la profonde demeure ?
Quel charme[1] l'attirait sur ces bords redoutés ?

ISMÈNE

Thésée est mort, madame, et vous seule en doutez :
Athènes en gémit ; Trézène en est instruite,
Et déjà pour son roi reconnaît Hippolyte ;
395 Phèdre, dans ce palais, tremblante pour son fils,
De ses amis troublés demande les avis.

ARICIE

Et tu crois que, pour moi plus humain que son père,
Hippolyte rendra ma chaîne plus légère ;
Qu'il plaindra mes malheurs ?

ISMÈNE

                    Madame, je le croi.

ARICIE

400 L'insensible Hippolyte est-il connu de toi ?
Sur quel frivole espoir penses-tu qu'il me plaigne,
Et respecte en moi seule un sexe qu'il dédaigne[2] ?
Tu vois depuis quel temps il évite nos pas,
Et cherche tous les lieux où nous ne sommes pas.

ISMÈNE

405 Je sais de ses froideurs tout ce que l'on récite ;
Mais j'ai vu près de vous ce superbe Hippolyte ;
Et même, en le voyant, le bruit[3] de sa fierté
A redoublé pour lui ma curiosité.
Sa présence à ce bruit n'a point paru répondre :

---

1. **Quel charme :** quel enchantement (sens fort du mot *charme* : *carmen* en latin).
2. **Un sexe qu'il dédaigne :** le sexe féminin (voir I, 1).
3. **Le bruit :** la réputation.

410 Dès vos premiers regards je l'ai vu se confondre[1] ;
Ses yeux, qui vainement voulaient vous éviter,
Déjà pleins de langueur, ne pouvaient vous quitter.
Le nom d'amant peut-être offense son courage[2] ;
Mais il en a les yeux, s'il n'en a le langage.

ARICIE

415 Que mon cœur, chère Ismène, écoute avidement
Un discours qui peut-être a peu de fondement !
Ô toi qui me connais, te semblait-il croyable
Que le triste jouet d'un sort impitoyable,
Un cœur toujours nourri d'amertume et de pleurs,
420 Dût connaître l'amour et ses folles douleurs ?
Reste du sang d'un roi noble fils de la Terre[3],
Je suis seule échappée aux fureurs de la guerre :
J'ai perdu, dans la fleur de leur jeune saison,
Six frères... Quel espoir d'une illustre maison !
425 Le fer moissonna tout[4] ; et la terre humectée
But à regret le sang des neveux[5] d'Érechthée.
Tu sais, depuis leur mort, quelle sévère loi
Défend à tous les Grecs de soupirer pour moi :
On craint que de la sœur les flammes téméraires
430 Ne raniment un jour la cendre de ses frères.
Mais tu sais bien aussi de quel œil dédaigneux
Je regardais ce soin d'un vainqueur soupçonneux ;
Tu sais que, de tout temps à l'amour opposée,
Je rendais souvent grâce à l'injuste Thésée,
435 Dont l'heureuse rigueur secondait mes mépris.
Mes yeux alors, mes yeux n'avaient pas vu son fils.

---

1. **Se confondre** : se troubler.
2. **Son courage** : son cœur (voir v. 123).
3. **Un roi noble fils de la Terre** : Aricie fait référence à son ancêtre Érechthée, fils de Vulcain et de la Terre fécondée par la semence du dieu.
4. **Le fer moissonna tout** : double figure. Synecdoque (le fer pour les armes) et métaphore (les armes coupent les vies, comme la faux les blés).
5. **Les neveux** : les descendants (en latin, *nepos* signifie tantôt neveu, tantôt petit-fils).

Non que, par les yeux seuls lâchement enchantée,
J'aime en lui sa beauté, sa grâce tant vantée,
Présents dont la nature a voulu l'honorer,
440 Qu'il méprise lui-même et qu'il semble ignorer :
J'aime, je prise en lui de plus nobles richesses,
Les vertus de son père, et non point les faiblesses ;
J'aime, je l'avouerai, cet orgueil généreux[1]
Qui jamais n'a fléchi sous le joug amoureux.
445 Phèdre en vain s'honorait des soupirs de Thésée :
Pour moi, je suis plus fière et fuis la gloire aisée
D'arracher un hommage à mille autres offert,
Et d'entrer dans un cœur de toutes parts ouvert.
Mais de faire fléchir un courage inflexible,
450 De porter la douleur dans une âme insensible,
D'enchaîner un captif de ses fers étonné[2],
Contre un joug qui lui plaît vainement mutiné ;
C'est là ce que je veux ; c'est là ce qui m'irrite[3].
Hercule à désarmer coûtait moins qu'Hippolyte ;
455 Et vaincu plus souvent, et plus tôt surmonté,
Préparait moins la gloire aux yeux qui l'ont dompté.
Mais, chère Ismène, hélas ! quelle est mon imprudence !
On ne m'opposera que trop de résistance :
Tu m'entendras peut-être, humble dans mon ennui,
460 Gémir du même orgueil que j'admire aujourd'hui.
Hippolyte aimerait ! Par quel bonheur extrême
Aurais-je pu fléchir...

ISMÈNE
Vous l'entendrez lui-même :

Il vient à vous.

---

1. **Généreux** : noble.
2. **Étonné** : frappé de stupeur, comme par un coup de tonnerre.
3. **Ce qui m'irrite** : ce qui m'anime, m'excite.

REPÈRES

• Rassemblez les informations apportées par cette scène, dans l'ordre où elles apparaissent : quelle vous paraît être la plus importante ? Pourquoi ? L'action a-t-elle progressé entre les deux actes ? Dites en quoi en précisant la relation qui unit les deux personnages.

OBSERVATION

• Quel rôle Ismène joue-t-elle auprès d'Aricie ? Comment interprète-t-elle la situation ? Montrez que son opinion est symétrique et inverse de celle d'Œnone, et qu'en même temps elle ne la contredit pas tout à fait.

• L'évocation de la mort de Thésée par Ismène (v. 381-388) permet-elle d'être sûr de celle-ci ? Dites clairement quelle en est la cause et expliquez alors les vers 389-390 dans la bouche d'Aricie : quelle valeur ont les questions de celle-ci, notamment la première ? Sont-elles du même type que ses autres interrogations dans la scène ? Rapprochez tout le passage sur l'évocation de la mort de Thésée et le vers 12 de la scène 1 de l'acte I : quel est l'effet produit par la répétition de la nouvelle de cette mort ?

• Proposez un plan de la tirade d'Aricie en fonction des sujets qu'elle aborde successivement. Que dit-elle aimer chez Hippolyte ? Comment la nature du jeune homme détermine-t-elle la nature de son amour pour lui ? Relevez ainsi les effets d'écho entre son discours et celui de la première scène de la pièce, notamment dans le vocabulaire de l'amour (métaphores et champs lexicaux) ; notez aussi les différences dans les réactions respectives des deux jeunes gens. L'amour d'Aricie est-il passif ? Relève-t-il de la passion ?

INTERPRÉTATIONS

• Le spectateur entend ici un nouveau discours amoureux : cette scène doit-elle être néanmoins mise sur le même plan que les aveux de l'acte I ? Justifiez votre réponse. Jusqu'à quel point peut-on comparer Aricie à Hippolyte et à Phèdre ? Pourquoi cette scène aussi se termine-t-elle sur une longue tirade centrée sur l'amour ? Que peut-on dire de la principale occupation des amoureux raciniens ?

SCÈNE 2. HIPPOLYTE, ARICIE, ISMÈNE.

HIPPOLYTE
Madame, avant que de partir,
J'ai cru de votre sort vous devoir avertir.
465 Mon père ne vit plus. Ma juste défiance
Présageait les raisons de sa trop longue absence :
La mort seule, bornant ses travaux éclatants[1],
Pouvait à l'univers le cacher si longtemps.
Les dieux livrent enfin à la Parque homicide[2]
470 L'ami, le compagnon, le successeur d'Alcide.
Je crois que votre haine, épargnant ses vertus,
Écoute sans regret[3] ces noms qui lui sont dus.
Un espoir adoucit ma tristesse mortelle :
Je puis vous affranchir d'une austère tutelle ;
475 Je révoque des lois dont j'ai plaint[4] la rigueur.
Vous pouvez disposer de vous, de votre cœur ;
Et, dans cette Trézène, aujourd'hui mon partage,
De mon aïeul Pitthée[5] autrefois l'héritage,
Qui m'a, sans balancer[6], reconnu pour son roi,
480 Je vous laisse aussi libre et plus libre que moi.

ARICIE
Modérez des bontés dont l'excès m'embarrasse.
D'un soin si généreux honorer ma disgrâce,
Seigneur, c'est me ranger, plus que vous ne pensez,
Sous ces austères lois dont vous me dispensez.

---

1. **Ses travaux éclatants** : ses exploits célèbres (voir les *travaux* d'Hercule).
2. **La Parque homicide** : celle des trois Parques qui coupe le fil de la vie humaine.
3. **Sans regret** : sans aigreur.
4. **Plaint** : dans la langue classique, « plaindre » peut se construire avec un complément d'objet abstrait et signifie alors « déplorer ».
5. **De mon aïeul Pitthée** : frère d'Atrée et de Thyeste, il fut roi de Trézène, et réputé pour sa sagesse.
6. **Sans balancer** : sans hésiter.

HIPPOLYTE

485 Du choix d'un successeur Athènes, incertaine,
Parle de vous, me nomme, et le fils de la reine.

ARICIE

De moi, seigneur ?

HIPPOLYTE

                    Je sais, sans vouloir me flatter,
Qu'une superbe loi[1] semble me rejeter :
La Grèce me reproche une mère étrangère.
490 Mais, si pour concurrent je n'avais que mon frère,
Madame, j'ai sur lui de véritables droits
Que je saurais sauver du caprice des lois.
Un frein plus légitime arrête mon audace :
Je vous cède, ou plutôt je vous rends une place,
495 Un sceptre que jadis vos aïeux ont reçu
De ce fameux mortel que la Terre a conçu[2].
L'adoption le mit entre les mains d'Égée[3].
Athènes, par mon père accrue et protégée,
Reconnut avec joie un roi si généreux,
500 Et laissa dans l'oubli vos frères malheureux.
Athènes dans ses murs maintenant vous rappelle :
Assez elle a gémi d'une longue querelle ;
Assez dans ses sillons votre sang englouti
A fait fumer le champ dont il était sorti.
505 Trézène m'obéit. Les campagnes de Crète
Offrent au fils de Phèdre une riche retraite.
L'Attique est votre bien. Je pars, et vais, pour vous,
Réunir tous les vœux partagés entre nous.

---

1. **Une superbe loi** : une juste loi (l'adjectif est utilisé par antiphrase, puisque Hippolyte parle avec ironie d'une loi qui l'opprime).
2. **Ce fameux mortel que la Terre a conçu** : Érechthée (voir v. 421).
3. **Égée** : Racine suit une tradition qui fait d'Égée, le père de Thésée, le fils adoptif de Pandion (descendant d'Érechthée). Hippolyte laisse ainsi entendre qu'Aricie a plus de droit au trône d'Athènes, puisque son propre père, Pallas, était le fils par le sang de Pandion (voir v. 508).

ARICIE

De tout ce que j'entends étonnée et confuse,
510 Je crains presque, je crains qu'un songe ne m'abuse.
Veillé-je ? Puis-je croire un semblable dessein ?
Quel dieu, seigneur, quel dieu l'a mis dans votre sein !
Qu'à bon droit votre gloire en tous lieux est semée !
Et que la vérité passe la renommée !
515 Vous-même, en ma faveur, vous voulez vous trahir !
N'était-ce pas assez de ne me point haïr ?
Et d'avoir si longtemps pu défendre votre âme
De cette inimitié...

HIPPOLYTE

Moi, vous haïr, madame !
Avec quelques couleurs qu'on ait peint ma fierté,
520 Croit-on que dans ses flancs un monstre m'ait porté ?
Quelles sauvages mœurs, quelle haine endurcie
Pourrait, en vous voyant, n'être point adoucie ?
Ai-je pu résister au charme décevant[1]...

ARICIE

Quoi, seigneur !

HIPPOLYTE

Je me suis engagé trop avant.
525 Je vois que la raison cède à la violence[2] :
Puisque j'ai commencé de rompre le silence,
Madame, il faut poursuivre ; il faut vous informer
D'un secret que mon cœur ne peut plus renfermer.
Vous voyez devant vous un prince déplorable,
530 D'un téméraire orgueil exemple mémorable.
Moi qui, contre l'amour fièrement révolté,
Aux fers de ses captifs ai longtemps insulté ;
Qui, des faibles mortels déplorant les naufrages,

---

1. **Au charme décevant** : au charme trompeur.
2. **À la violence** : à la passion.

Pensais toujours du bord contempler les orages[1] ;
535 Asservi maintenant sous la commune loi,
Par quel trouble me vois-je emporté loin de moi ?
Un moment a vaincu mon audace imprudente,
Cette âme si superbe est enfin dépendante.
Depuis près de six mois, honteux, désespéré,
540 Portant partout le trait[2] dont je suis déchiré,
Contre vous, contre moi, vainement je m'éprouve :
Présente, je vous fuis ; absente, je vous trouve ;
Dans le fond des forêts votre image me suit ;
La lumière du jour, les ombres de la nuit,
545 Tout retrace à mes yeux les charmes que j'évite ;
Tout vous livre à l'envi[3] le rebelle Hippolyte.
Moi-même, pour tout fruit de mes soins superflus,
Maintenant je me cherche, et ne me trouve plus ;
Mon arc, mes javelots, mon char, tout m'importune ;
550 Je ne me souviens plus des leçons de Neptune :
Mes seuls gémissements font retentir les bois,
Et mes coursiers oisifs ont oublié ma voix.
Peut-être le récit d'un amour si sauvage
Vous fait, en m'écoutant, rougir de votre ouvrage.
555 D'un cœur qui s'offre à vous quel farouche entretien !
Quel étrange captif pour un si beau lien !
Mais l'offrande à vos yeux en doit être plus chère :
Songez que je vous parle une langue étrangère[4],
Et ne rejetez pas des vœux mal exprimés,
560 Qu'Hippolyte sans vous n'aurait jamais formés.

---

1. **Qui, des faibles [...] orages** : souvenir de l'ouverture célèbre du livre II
du *De Natura rerum* de Lucrèce (98-55 av. J.-C.) : « Il est doux, quand sur
la vaste mer les vents soulèvent les flots, d'assister de la terre aux épreuves
d'autrui. »
2. **Le trait** : la blessure (Hippolyte fait allusion aux flèches de Cupidon).
3. **Tout vous livre à l'envi** : tout se ligue pour vous livrer.
4. **Une langue étrangère** : Hippolyte parle d'amour pour la première fois.

SCÈNE 3. HIPPOLYTE, ARICIE, THÉRAMÈNE, ISMÈNE.

THÉRAMÈNE

Seigneur, la reine vient, et je l'ai devancée :
Elle vous cherche.

HIPPOLYTE

Moi ?

THÉRAMÈNE

J'ignore sa pensée.
Mais on vous est venu demander de sa part.
Phèdre veut vous parler avant votre départ.

HIPPOLYTE

565 Phèdre ! Que lui dirai-je ? Et que peut-elle attendre...

ARICIE

Seigneur, vous ne pouvez refuser de l'entendre :
Quoique trop convaincu de son inimitié,
Vous devez à ses pleurs quelque ombre de pitié.

HIPPOLYTE

Cependant[1] vous sortez. Et je pars ; et j'ignore
570 Si je n'offense point les charmes que j'adore !
J'ignore si ce cœur que je laisse en vos mains...

ARICIE

Partez, prince, et suivez vos généreux desseins :
Rendez de mon pouvoir Athènes tributaire[2].
J'accepte tous les dons que vous me voulez faire.
575 Mais cet empire enfin si grand, si glorieux,
N'est pas de vos présents le plus cher à mes yeux.

---

1. **Cependant** : pendant ce temps.
2. **De mon pouvoir Athènes tributaire** : dépendante de mon pouvoir.

REPÈRES

• Précisez ce que sait le spectateur des deux personnages en présence dans la scène 2. Qu'est-ce qui fait pour lui l'intérêt dramatique de cette rencontre ? Qu'en attend-il presque nécessairement ?

• Rappelez par ailleurs quels sont les obstacles à la relation entre Aricie et Hippolyte.

OBSERVATION

• Comment Hippolyte justifie-t-il cette confrontation ? Sur quel registre commence-t-il ? Expliquez précisément le contenu de ses différentes propositions à Aricie. Montrez la progression d'une réplique à l'autre.

• À quel moment peut-on dire que le dialogue bascule vers la déclaration ? Quel rôle le champ lexical de la haine joue-t-il dans ce passage ? Comparez les vers 516-518 avec les vers 962-963 du *Cid* de Corneille. Quel est ici l'effet produit par la répartition des deux hémistiches du vers 518, ainsi que ceux du vers 524 entre Aricie et Hippolyte ?

• Étudiez la tirade d'Hippolyte : proposez-en un découpage, marquez la progression temporelle qu'elle retrace à travers différentes oppositions. Distinguez par ailleurs ce qui relève de la déclaration et ce qui procède d'une analyse de soi : comment Hippolyte présente-t-il l'effet sur lui de l'amour ? Quels en sont selon lui les témoignages les plus frappants ? Comparez avec les vers 95-100 (acte I, scène 1) et précisez ce que la déclaration ajoute au simple aveu de l'amour.

• Précisez ce qui différencie cet aveu des deux précédents dans l'acte I. Quel rôle Aricie vous paraît-elle jouer ? Est-elle passive ? Pourquoi répond-elle d'abord sur un plan politique ?

• Quel est l'effet produit sur le plan dramatique par l'entrée en scène de Théramène ? Quel est son effet sur la parole des amants ? sur celle d'Aricie ? Analysez les vers 575-576 et expliquez ce qui fait leur force.

INTERPRÉTATIONS

• Pouvez-vous essayer de dire en quoi le langage de l'amour chez Racine constitue, comme le dit Hippolyte, une « langue étrangère » ?

SCÈNE 4. HIPPOLYTE, THÉRAMÈNE.

HIPPOLYTE

Ami, tout est-il prêt ? Mais la reine s'avance.
Va, que pour le départ tout s'arme en diligence.
Fais donner le signal, cours, ordonne et revien[1]
580 Me délivrer bientôt d'un fâcheux entretien.

SCÈNE 5. PHÈDRE, HIPPOLYTE, ŒNONE.

PHÈDRE, *à Œnone.*

Le voici : vers mon cœur tout mon sang se retire.
J'oublie, en le voyant, ce que je viens lui dire.

ŒNONE

Souvenez-vous d'un fils qui n'espère qu'en vous.

PHÈDRE

On dit qu'un prompt départ vous éloigne de nous,
585 Seigneur. À vos douleurs je viens joindre mes larmes ;
Je vous viens pour un fils expliquer mes alarmes[2].
Mon fils n'a plus de père ; et le jour n'est pas loin
Qui de ma mort encor[3] doit le rendre témoin.
Déjà mille ennemis attaquent son enfance :
590 Vous seul pouvez contre eux embrasser sa défense.
Mais un secret remords agite mes esprits :
Je crains d'avoir fermé votre oreille à ses cris.
Je tremble que sur lui votre juste colère
Ne poursuive bientôt une odieuse mère.

HIPPOLYTE

595 Madame, je n'ai point des sentiments si bas.

---

1. **Revien :** licence poétique permettant la rime pour l'œil avec *entretien.*
2. **Vous expliquer mes alarmes :** vous expliquer mon inquiétude.
3. **Encor :** en plus du reste.

PHÈDRE

Quand vous me haïriez, je ne m'en plaindrais pas,
Seigneur : vous m'avez vue attachée à vous nuire ;
Dans le fond de mon cœur vous ne pouviez pas lire.
À votre inimitié j'ai pris soin de m'offrir :
600 Aux bords que j'habitais[1] je n'ai pu vous souffrir ;
En public, en secret, contre vous déclarée,
J'ai voulu par des mers en être séparée[2] ;
J'ai même défendu, par une expresse loi,
Qu'on osât prononcer votre nom devant moi.
605 Si pourtant à l'offense on mesure la peine,
Si la haine peut seule attirer votre haine,
Jamais femme ne fut plus digne de pitié,
Et moins digne, seigneur, de votre inimitié.

HIPPOLYTE

Des droits de ses enfants une mère jalouse
610 Pardonne rarement au fils d'une autre épouse ;
Madame, je le sais ; les soupçons importuns
Sont d'un second hymen les fruits les plus communs.
Tout autre aurait pour moi pris les mêmes ombrages.
Et j'en aurais peut-être essuyé plus d'outrages.

PHÈDRE

615 Ah ! seigneur ! que le ciel, j'ose ici l'attester,
De cette loi commune a voulu m'excepter !
Qu'un soin bien différent me trouble et me dévore !

HIPPOLYTE

Madame, il n'est pas temps de vous troubler encore :
Peut-être votre époux voit encore le jour ;
620 Le ciel peut à nos pleurs accorder son retour.

---

1. **Aux bords que j'habitais** : sur les rivages où j'habitais. Même quand il
s'applique au monde terrestre – ici Athènes – le mot *bords* évoque toujours
les frontières du pays des morts.
2. **En être séparée** : être séparée de vous. Cet emploi du pronom *en* ne serait
pas possible aujourd'hui.

Neptune le protège, et ce dieu tutélaire[1]
Ne sera pas en vain imploré par mon père.

PHÈDRE

On ne voit point deux fois le rivage des morts,
Seigneur ; puisque Thésée a vu les sombres bords,
625 En vain vous espérez qu'un dieu vous le renvoie ;
Et l'avare Achéron[2] ne lâche point sa proie.
Que dis-je ? Il n'est point mort, puisqu'il respire en vous.
Toujours devant mes yeux je crois voir mon époux :
Je le vois, je lui parle ; et mon cœur... je m'égare,
630 Seigneur ; ma folle ardeur malgré moi se déclare.

HIPPOLYTE

Je vois de votre amour l'effet prodigieux :
Tout mort qu'il est, Thésée est présent à vos yeux ;
Toujours de son amour votre âme est embrasée.

PHÈDRE

Oui, prince, je languis, je brûle pour Thésée :
635 Je l'aime, non point tel que l'ont vu les enfers,
Volage adorateur de mille objets[3] divers,
Qui va du dieu des Morts déshonorer la couche ;
Mais fidèle, mais fier, et même un peu farouche,
Charmant, jeune, traînant tous les cœurs après soi[4],
640 Tel qu'on dépeint nos dieux, ou tel que je vous voi.
Il avait votre port, vos yeux, votre langage ;
Cette noble pudeur colorait son visage,
Lorsque de notre Crète il traversa les flots,
Digne sujet des vœux des filles de Minos[5].
645 Que faisiez-vous alors ? Pourquoi, sans Hippolyte,

---

1. **Dieu tutélaire :** sous la tutelle de qui est placé Thésée.
2. **L'avare Achéron :** avare parce qu'il tient à garder ce qu'il possède (les morts).
3. **Objets :** objets d'amour, femmes aimées dans la langue classique.
4. **Après soi :** après lui. Cet emploi du pronom réfléchi serait incorrect aujourd'hui, dans un cas où son référent est clairement exprimé (ici, Thésée).
5. **Digne [...] des vœux des filles de Minos :** digne des désirs d'Ariane et de Phèdre.

Des héros de la Grèce assembla-t-il l'élite ?
Pourquoi, trop jeune encor, ne pûtes-vous alors
Entrer dans le vaisseau qui le mit sur nos bords ?
Par vous aurait péri le monstre de la Crète,
650 Malgré tous les détours de sa vaste retraite.
Pour en développer l'embarras incertain,
Ma sœur du fil fatal[1] eût armé votre main.
Mais non : dans ce dessein, je l'aurais devancée ;
L'amour m'en eût d'abord[2] inspiré la pensée ;
655 C'est moi, prince, c'est moi, dont l'utile secours
Vous eût du Labyrinthe enseigné les détours :
Que de soins m'eût coûtés cette tête charmante !
Un fil n'eût point assez rassuré votre amante :
Compagne du péril qu'il vous fallait chercher,
660 Moi-même devant vous j'aurais voulu marcher ;
Et Phèdre au Labyrinthe avec vous descendue
Se serait avec vous retrouvée ou perdue.

HIPPOLYTE

Dieux ! qu'est-ce que j'entends ? Madame, oubliez-vous
Que Thésée est mon père, et qu'il est votre époux ?

PHÈDRE

665 Et sur quoi jugez-vous que j'en perds la mémoire,
Prince ? Aurais-je perdu tout le soin de ma gloire[3] ?

HIPPOLYTE

Madame, pardonnez ; j'avoue, en rougissant,
Que j'accusais à tort un discours innocent.
Ma honte ne peut plus soutenir votre vue ;
670 Et je vais...

PHÈDRE

Ah ! cruel ! tu m'as trop entendue[4] !
Je t'en ai dit assez pour te tirer d'erreur.

---

1. **Fil fatal** : ces trois vers font référence à l'épisode du Minotaure et à l'aide que Thésée reçut d'Ariane pour sortir du Labyrinthe.
2. **D'abord** : immédiatement.
3. **Ma gloire** : mon honneur, ma réputation (voir v. 309).
4. **Tu m'as trop entendue** : tu m'as trop bien comprise.

Françoise Thuries (Phèdre) et Stéphane Bierry (Hippolyte).
Mise en scène de Françoise Seigner
au Nouveau Théâtre Mouffetard, 1989.

Eh bien ! connais donc Phèdre et toute sa fureur :
J'aime. Ne pense pas qu'au moment que je t'aime,
Innocente à mes yeux, je m'approuve moi-même,
675 Ni que du fol amour qui trouble ma raison,
Ma lâche complaisance ait nourri le poison ;
Objet infortuné des vengeances célestes,
Je m'abhorre encor plus que tu ne me détestes.
Les dieux m'en sont témoins, ces dieux qui dans mon flanc
680 Ont allumé le feu fatal à tout mon sang ;
Ces dieux qui se sont fait une gloire cruelle
De séduire[1] le cœur d'une faible mortelle.
Toi-même en ton esprit rappelle le passé :
C'est peu de t'avoir fui, cruel, je t'ai chassé ;

---

1. **Séduire :** détourner du droit chemin (du latin *se-ducere* : conduire à soi).

685 J'ai voulu te paraître odieuse, inhumaine ;
Pour mieux te résister, j'ai recherché ta haine.
De quoi m'ont profité mes inutiles soins ?
Tu me haïssais plus, je ne t'aimais pas moins ;
Tes malheurs te prêtaient encor de nouveaux charmes.
690 J'ai langui, j'ai séché dans les feux, dans les larmes :
Il suffit de tes yeux pour t'en persuader,
Si tes yeux un moment pouvaient me regarder.
Que dis-je ? Cet aveu que je te viens de faire,
Cet aveu si honteux, le crois-tu volontaire ?
695 Tremblante pour un fils que je n'osais trahir,
Je te venais prier de ne le point haïr :
Faibles projets d'un cœur trop plein de ce qu'il aime !
Hélas ! je ne t'ai pu parler que de toi-même !
Venge-toi, punis-moi d'un odieux amour :
700 Digne fils du héros qui t'a donné le jour,
Délivre l'univers d'un monstre qui t'irrite.
La veuve de Thésée ose aimer Hippolyte !
Crois-moi, ce monstre affreux ne doit point t'échapper ;
Voilà mon cœur : c'est là que ta main doit frapper.
705 Impatient déjà d'expier son offense,
Au-devant de ton bras je le sens qui s'avance[1].
Frappe : ou si tu le crois indigne de tes coups,
Si ta haine m'envie[2] un supplice si doux,
Ou si d'un sang trop vil ta main serait trempée,
710 Au défaut de ton bras prête-moi ton épée ;
Donne.

ŒNONE

Que faites-vous, madame ! Justes dieux !
Mais on vient : évitez des témoins odieux.
Venez, rentrez, fuyez une honte certaine.

---

1. **Je le sens qui s'avance** : il s'agit du cœur de Phèdre qui s'offre à l'épée
d'Hippolyte pour payer l'offense qu'elle lui a faite.
2. **M'envie** : me refuse.

Repères

• Comparez les propos d'Hippolyte avec le début de chacune de ses entrées en scène jusque-là : quelle est la situation qui le définit de la manière la plus constante ? Quel statut cette situation donne-t-elle à la parole ?
• Quel rôle Œnone joue-t-elle au début de la scène 4 ? Que rend-elle sensible au spectateur ?

Observation

• Relevez toutes les expressions ambiguës dans les propos de Phèdre avant l'aveu. Notez le même vocabulaire de la haine que chez Hippolyte dans la scène 2. Cherche-t-elle vraiment à cacher sa passion ? En quoi les interprétations d'Hippolyte protègent-elles encore la reine de l'aveu ; en quoi défendent-elles le jeune homme d'entendre ce qu'il ne veut pas savoir ? Précisez les différents « malentendus » qui font progresser la scène.
• Qu'est-ce qui dans le v. 634 marque une rupture dans la maîtrise du discours de la reine ? Le mot « fantasme » signifie à l'origine « image » ou « vision » : montrez en quoi la descente au Labyrinthe est un fantasme de Phèdre (métaphores, vocabulaire). Pourquoi selon vous celle-ci a-t-elle besoin de transformer le passé ?
• Montrez que comme pour Hippolyte la déclaration d'amour semble échapper à Phèdre. Celle-ci est-elle tout à fait consciente de ses paroles ? Qu'est-ce qui provoque l'aveu proprement dit ? Essayez de préciser les différents sentiments qui s'y mêlent ; étudiez les marques stylistiques de la violence (temps, modes, ruptures de construction). En quoi peut-on dire que cette tirade aboutit à un « passage à l'acte » ?
• Pourquoi Hippolyte est-il muet à la fin de la scène ?

Interprétations

• Faites une synthèse des marques physiques de l'amour chez Phèdre en comparant ce que vous trouvez avec les relevés de la scène 3 dans l'acte I. Quel lien le spectateur est-il amené à établir entre cette « physiologie de l'amour » et l'expression verbale de la reine ? Quel est l'effet produit par cette scène après la déclaration d'Aricie à Hippolyte ?

Scène 6. Hippolyte, Théramène.

THÉRAMÈNE

Est-ce Phèdre qui fuit ou plutôt qu'on entraîne ?
715 Pourquoi, seigneur, pourquoi ces marques de douleur ?
Je vous vois sans épée, interdit, sans couleur !

HIPPOLYTE

Théramène, fuyons. Ma surprise est extrême.
Je ne puis sans horreur me regarder moi-même.
Phèdre... Mais non, grands dieux ! qu'en un profond oubli
720 Cet horrible secret demeure enseveli !

THÉRAMÈNE

Si vous voulez partir, la voile est préparée.
Mais Athènes, seigneur, s'est déjà déclarée ;
Ses chefs ont pris les voix de toutes ses tribus[1] :
Votre frère[2] l'emporté, et Phèdre a le dessus.

HIPPOLYTE

725 Phèdre ?

THÉRAMÈNE

            Un héraut chargé des volontés d'Athènes
De l'État en ses mains vient remettre les rênes.
Son fils est roi, seigneur.

HIPPOLYTE

                        Dieux, qui la connaissez,
Est-ce donc sa vertu que vous récompensez ?

THÉRAMÈNE

Cependant un bruit sourd veut que le roi respire :
730 On prétend que Thésée a paru dans l'Épire.
Mais moi, qui l'y cherchai, seigneur, je sais trop bien...

---

1. **Les voix de toutes ses tribus** : les chefs d'Athènes ont compté les voix des dix tribus de la cité.
2. **Votre frère** : il s'agit du fils de Phèdre et de Thésée, celui pour lequel elle croyait être venue parler.

HIPPOLYTE
N'importe ; écoutons tout, et ne négligeons rien.
Examinons ce bruit, remontons à sa source :
S'il ne mérite pas d'interrompre ma course,
735 Partons ; et, quelque prix qu'il en puisse coûter,
Mettons le sceptre aux mains dignes[1] de le porter.

---

1. **Mettons le sceptre aux mains dignes** : remettons le sceptre dans des mains dignes.

REPÈRES

• Quelle peut être la fonction dramatique du vers 714, et même de toute la première réplique de Théramène ? Quel en est l'effet ?
• Déterminez les différentes étapes de cette scène en marquant chaque fois comment elles s'articulent à ce qui précède, à ce qui vient. Quel est la portée dramatique de l'annonce des deux nouvelles ? Quelle peut être la conséquence immédiate de la « victoire » de Phèdre ?
• Quel peut être le sens des deux derniers vers prononcés par Hippolyte ?

OBSERVATION

• Quelle différence y a-t-il entre « *fuyons* » et les décisions de départ jusqu'ici formulées par Hippolyte ? Pourquoi faut-il fuir ? Commentez l'expression : « *Je ne puis sans horreur me regarder moi-même.* »
• Pourquoi le jeune homme veut-il garder le secret sur ce qu'il a entendu ? Dans quelle relation ce silence le met-il vis-à-vis de Phèdre ? Expliquez le poids du nom de la reine dans sa bouche au vers 725 par rapport au vers 719. Comment peut-il entendre le dernier hémistiche du vers précédent ? À qui s'adresse sa réplique suivante ? Pourquoi selon vous ?

INTERPRÉTATIONS

• Montrez la symétrie que cette scène établit entre l'acte II et l'acte I. Pourquoi les scènes d'information sont-elles si courtes ? Que peut-on en conclure sur la dimension politique de la pièce ? Qu'est-ce qui, jusqu'à présent, occupe l'essentiel du temps de la représentation ?
• Quelle logique dramaturgique y a-t-il à ce que l'acte II se termine sur les deux personnages qui ont ouvert la pièce ? Montrez que la plupart des questions qui avaient alors été posées ont trouvé une réponse : laquelle demeure cependant ?
• L'annonce du retour de Thésée vous paraît-elle vraisemblable ? Essayez de relever tous les moments où il est question de lui dans ces deux premiers actes : quel rôle ce personnage joue-t-il jusqu'à présent ? Quelle fonction Racine lui donne-t-il ?

Dramaturgie : symétrie et contrastes

La première scène de l'acte II semble d'abord répéter l'acte I sur un mode mineur : Aricie déclare à Ismène son amour pour Hippolyte ; Hippolyte emprunte la « langue étrangère » de la galanterie pour déclarer à son tour ses sentiments à la jeune femme. Un instant, tout paraît possible entre les amants. L'aveu a fait place à la déclaration, plus consciente, plus volontaire, une parole qui ne déborde pas, mais cherche à créer sur la scène l'espace encore inouï d'un amour improbable et pourtant réciproque – un « *présent* » dit Aricie.

Avec le retour en scène de Phèdre, le verbe de nouveau se précipite, relançant la machine tragique avec une violence encore non atteinte. L'aveu à Hippolyte est irruption de ce qui ne devait pas être entendu et que le fils de Thésée a tenté vainement de ne pas entendre : intrusion sur la scène d'une mythologie revue par le fantasme. Troisième aveu, celui-ci soulève la nappe des discours et des modèles antiques et fait résonner le rêve qui sous-tend toute la tragédie : le rêve d'un autre temps, d'une autre fin que celle qu'ordonnent les mythes, le songe secret de dieux enfin soumis au désir des humains.

Le nom de Thésée

Rien ne serait possible dans cet acte sans l'annonce de la mort de Thésée. Cette certitude précaire délie les mots de la déclaration d'amour, ceux de l'aveu et de la haine de soi. Elle donne en outre l'illusion d'un dénouement heureux : comment Phèdre n'entend-elle pas dans ses propres paroles que descendre en pensée au labyrinthe avec Hippolyte, c'est encore suivre aux Enfers l'époux disparu ?

La mort de Thésée fait résonner son nom dans la parole des personnages qui ne cessent de devoir dire son identité. Qui est-il ? Injuste pour Aricie, « mon père », c'est-à-dire aussi implacablement « votre époux » pour Hippolyte et l'homme de paille de la passion de Phèdre pour son beau-fils. Il est surtout celui qui reparaît à peine advenus les effets dramatiques de sa mort : un « bruit » qui assourdit les spectateurs par l'annonce de son retour aux derniers vers de l'acte.

ACTE III

SCÈNE PREMIÈRE. PHÈDRE, ŒNONE.

PHÈDRE

Ah ! que l'on porte ailleurs les honneurs qu'on m'envoie :
Importune, peux-tu souhaiter qu'on me voie ?
De quoi viens-tu flatter[1] mon esprit désolé ?
740 Cache-moi bien plutôt : je n'ai que trop parlé.
Mes fureurs au-dehors ont osé se répandre :
J'ai dit ce que jamais on ne devait entendre[2].
Ciel ! comme il m'écoutait ! Par combien de détours
L'insensible a longtemps éludé mes discours !
745 Comme il ne respirait qu'une retraite prompte[3] !
Et combien sa rougeur a redoublé ma honte !
Pourquoi détournais-tu mon funeste dessein !
Hélas ! quand son épée allait chercher mon sein,
A-t-il pâli pour moi ? me l'a-t-il arrachée ?
750 Il suffit que ma main l'ait une fois touchée,
Je l'ai rendue horrible à ses yeux inhumains ;
Et ce fer malheureux profanerait ses mains.

ŒNONE

Ainsi, dans vos malheurs, ne songeant qu'à vous plaindre,
Vous nourrissez un feu qu'il vous faudrait éteindre.
755 Ne vaudrait-il pas mieux, digne sang de Minos,

---

1. **Flatter** : divertir, détourner d'une voie déterminée (voir v. 771, les conseils flatteurs).
2. **On ne devait entendre** : on n'aurait dû entendre (dans la langue classique, par imitation du latin, l'imparfait valait parfois un conditionnel passé, c'est-à-dire un irréel du passé).
3. **Il ne respirait qu'une retraite prompte** : il n'aspirait qu'à se retirer rapidement.

Dans de plus nobles soins chercher votre repos ;
Contre un ingrat qui plaît recourir à la fuite[1],
Régner, et de l'État embrasser la conduite[2] ?

ŒNONE

757

PHÈDRE

Moi, régner ! Moi, ranger un État sous ma loi,
760 Quand ma faible raison ne règne plus sur moi !
Lorsque j'ai de mes sens abandonné l'empire !
Quand sous un joug honteux à peine je respire !
Quand je me meurs !

ŒNONE

Fuyez.

PHÈDRE

Je ne le puis quitter.

ŒNONE

Vous l'osâtes bannir, vous n'osez l'éviter ?

PHÈDRE

765 Il n'est plus temps : il sait mes ardeurs insensées.
De l'austère pudeur les bornes sont passées :
J'ai déclaré ma honte aux yeux de mon vainqueur,
Et l'espoir malgré moi s'est glissé dans mon cœur.
Toi-même, rappelant ma force défaillante,
770 Et mon âme déjà sur mes lèvres errante,
Par tes conseils flatteurs tu m'as su ranimer :
Tu m'as fait entrevoir que je pouvais l'aimer.

ŒNONE

Hélas ! de vos malheurs innocente ou coupable,
De quoi pour vous sauver n'étais-je point capable[3] ?
775 Mais si jamais l'offense irrita vos esprits[4],

---

1. **Qui plaît recourir à la fuite** : qui se plaît à recourir à la fuite.
2. **De l'État embrasser la conduite** : se consacrer à diriger l'État.
3. **De vos malheurs innocente ou coupable [...] capable** : que vous soyez innocente ou coupable de vos malheurs, j'aurais été capable de n'importe quoi pour vous sauver (les adjectifs sont épithètes détachées de *vous*). Voir la préface (« *ni tout à fait coupable, ni tout à fait innocente* »).
4. **Mais si jamais l'offense irrita vos esprits** : mais si jamais une offense a été capable de vous irriter.

Françoise Thuries (Phèdre) et Claire Versane (Œnone).
Mise en scène de Françoise Seigner
au Nouveau Théâtre Mouffetard, 1989.

Pouvez-vous d'un superbe oublier les mépris ?
Avec quels yeux cruels sa rigueur obstinée
Vous laissait à ses pieds peu s'en faut prosternée !
Que son farouche orgueil le rendait odieux !
780 Que[1] Phèdre en ce moment n'avait-elle mes yeux ?

PHÈDRE

Œnone, il peut quitter cet orgueil qui te blesse[2] ;
Nourri dans les forêts, il en a la rudesse.
Hippolyte, endurci par de sauvages lois,
Entend parler d'amour pour la première fois :
785 Peut-être sa surprise a causé son silence ;
Et nos plaintes peut-être ont trop de violence.

ŒNONE

Songez qu'une Barbare en son sein l'a formé.

PHÈDRE

Quoique Scythe et Barbare, elle a pourtant aimé.

ŒNONE

Il a pour tout le sexe[3] une haine fatale.

PHÈDRE

790 Je ne me verrai point préférer de rivale.
Enfin, tous tes conseils ne sont plus de saison !
Sers ma fureur, Œnone, et non point ma raison.
Il oppose à l'amour un cœur inaccessible ;
Cherchons pour l'attaquer quelque endroit plus sensible :
795 Les charmes d'un empire ont paru le toucher !
Athènes l'attirait, il n'a pu s'en cacher ;
Déjà de ses vaisseaux la pointe était tournée,
Et la voile flottait aux vents abandonnée.
Va trouver de ma part ce jeune ambitieux,
800 Œnone ; fais briller la couronne à ses yeux :

---

1. **Que** : pourquoi (voir v. 176 : « *Que ne suis-je assise à l'ombre des forêts* » : latinisme exprimant la plainte ou du regret).
2. **Il peut quitter cet orgueil qui te blesse** : il est possible qu'il abandonne cette fierté que tu condamnes (Phèdre « rêve »).
3. **Le sexe** : dans la langue classique, désigne les femmes.

Qu'il mette sur son front le sacré diadème[1] ;
Je ne veux que l'honneur de l'attacher moi-même.
Cédons-lui ce pouvoir que je ne puis garder.
Il instruira mon fils dans l'art de commander ;
805 Peut-être il voudra bien lui tenir lieu de père :
Je mets sous son pouvoir et le fils et la mère.
Pour le fléchir enfin tente tous les moyens :
Tes discours trouveront plus d'accès que les miens ;
Presse, pleure, gémis ; peins-lui Phèdre mourante,
810 Ne rougis point de prendre une voix suppliante.
Je t'avouerai de tout[2] ; je n'espère qu'en toi.
Va : j'attends ton retour pour disposer de moi.

SCÈNE 2. PHÈDRE, *seule.*

Ô toi, qui vois la honte où je suis descendue,
Implacable Vénus, suis-je assez confondue[3] !
815 Tu ne saurais plus loin pousser ta cruauté.
Ton triomphe est parfait ; tous tes traits ont porté.
Cruelle, si tu veux une gloire nouvelle,
Attaque un ennemi qui te soit plus rebelle.
Hippolyte te fuit ; et, bravant ton courroux,
820 Jamais à tes autels n'a fléchi les genoux ;
Ton nom semble offenser ses superbes oreilles[4] :
Déesse, venge-toi ; nos causes sont pareilles.
Qu'il aime... Mais déjà tu reviens sur tes pas,
Œnone ! On me déteste ; on ne t'écoute pas ?

---

1. **Le sacré diadème** : le diadème sacré.
2. **Je t'avouerai de tout** : je te soutiendrai en tout.
3. **Confondue** : anéantie.
4. **Ses superbes oreilles** : ses oreilles orgueilleuses.

REPÈRES

• S'est-il passé beaucoup de temps entre les deux actes ? Justifiez votre réponse par des éléments empruntés à la scène 1.
• Essayez d'analyser le mouvement de la scène : quelle est la position de Phèdre au début ? À la fin ? Où précisément se produit le retournement décisif ? Proposez un découpage de la scène en soulignant l'évolution de la reine.

OBSERVATION

• Pourquoi Phèdre revient-elle sur la scène de l'aveu ? Son analyse témoigne-t-elle d'une mise à distance ? Œnone a-t-elle besoin d'un récit ? Celui-ci est-il conforme à ce que le spectateur a vu et entendu ? Citez le texte.
• Quel rôle Œnone joue-t-elle dans l'évolution de Phèdre à l'intérieur de la scène ? Phèdre l'écoute-t-elle ? Pourquoi ?
• Précisez le contenu de sa demande à Œnone et la logique de sa décision. Est-elle seulement le fruit d'un délire ?
• Pourquoi cette décision aboutit-elle à un monologue ? Quel est l'effet produit sur le plan du rythme dramatique ? Quelle est la nécessité pour Phèdre d'invoquer Vénus ? De quoi témoigne le tutoiement ?

INTERPRÉTATIONS

• Selon vous, Phèdre est-elle active ou passive dans cette scène ? L'a-t-on vue jusque-là prendre une décision ? En quoi consiste son effort de maîtrise dans ces deux scènes ? Quelles en sont les limites ? Justifiez votre réponse par l'analyse de la situation d'une part, par l'étude des paroles de la reine d'autre part.
• Comparez le vers 813 avec le vers 661 (dans la scène 5 de l'acte II) : qu'ont-ils de commun ? Sous quel éclairage ce rapprochement place-t-il le monologue de la scène 2 ?
• Sur quel défaut d'information les deux scènes reposent-elles ? Comment le spectateur peut-il dès lors y assister ? Quel peut être pour lui l'objet de la représentation ? Quel sentiment Racine cherche-t-il à susciter chez lui ?

SCÈNE 3. PHÈDRE, ŒNONE.

ŒNONE

825 Il faut d'un vain[1] amour étouffer la pensée,
Madame ; rappelez votre vertu passée :
Le roi, qu'on a cru mort, va paraître à vos yeux ;
Thésée est arrivé, Thésée est en ces lieux.
Le peuple pour le voir court et se précipite.
830 Je sortais par votre ordre, et cherchais Hippolyte,
Lorsque jusques au ciel mille cris élancés...

PHÈDRE

Mon époux est vivant, Œnone : c'est assez.
J'ai fait l'indigne aveu d'un amour qui l'outrage ;
Il vit : je ne veux pas en savoir davantage.

ŒNONE

835 Quoi ?

PHÈDRE

Je te l'ai prédit, mais tu n'as pas voulu :
Sur mes justes remords tes pleurs ont prévalu.
Je mourais[2] ce matin digne d'être pleurée ;
J'ai suivi tes conseils, je meurs déshonorée.

ŒNONE

Vous mourez ?

PHÈDRE

Juste ciel ! qu'ai-je fait aujourd'hui !
840 Mon époux va paraître, et son fils avec lui !
Je verrai le témoin de ma flamme adultère
Observer de quel front j'ose aborder son père,
Le cœur gros de soupirs qu'il n'a point écoutés,
L'œil humide de pleurs par l'ingrat rebutés[3] !
845 Penses-tu que, sensible à l'honneur de Thésée,

---

1. **Vain** : impossible.
2. **Je mourais** : je serais morte (voir v. 742).
3. **Par l'ingrat rebutés** : refusés par l'ingrat (puisqu'il n'a pas répondu à
l'amour qu'elle lui offrait).

Il lui cache l'ardeur dont je suis embrasée ?
Laissera-t-il trahir et son peuple et son roi ?
Pourra-t-il contenir l'horreur qu'il a pour moi ?
Il se tairait en vain : je sais mes perfidies[1],
850 Œnone, et ne suis point de ces femmes hardies
Qui, goûtant dans le crime une tranquille paix,
Ont su se faire un front qui ne rougit jamais.
Je connais mes fureurs, je les rappelle toutes[2] :
Il me semble déjà que ces murs, que ces voûtes
855 Vont prendre la parole, et, prêts à m'accuser,
Attendent mon époux pour le désabuser.
Mourons : de tant d'horreurs qu'un trépas me délivre.
Est-ce un malheur si grand que de cesser de vivre ?
La mort aux malheureux ne cause point d'effroi :
860 Je ne crains que le nom[3] que je laisse après moi.
Pour mes tristes[4] enfants quel affreux héritage !
Le sang de Jupiter[5] doit enfler leur courage ;
Mais, quelque juste orgueil qu'inspire un sang si beau,
Le crime d'une mère est un pesant fardeau.
865 Je tremble qu'un discours, hélas ! trop véritable,
Un jour ne leur reproche une mère coupable.
Je tremble qu'opprimés de ce poids odieux
L'un ni l'autre jamais n'osent lever les yeux.

ŒNONE

Il n'en faut point douter, je les plains l'un et l'autre ;
870 Jamais crainte ne fut plus juste que la vôtre.
Mais à de tels affronts pourquoi les exposer ?
Pourquoi contre vous-même allez-vous déposer ?
C'en est fait : on dira que Phèdre, trop coupable,

---

1. **Je sais mes perfidies** : je connais mes trahisons (il s'agit de son amour coupable et traître envers Thésée).
2. **Je les rappelle toutes** : je me les rappelle toutes.
3. **Le nom** : la réputation.
4. **Tristes** : malheureux (latinisme).
5. **Le sang de Jupiter** : Phèdre essaie de remonter à ses origines pour trouver une filiation capable d'insuffler du courage à ses enfants.

De son époux trahi fuit l'aspect redoutable.
875 Hippolyte est heureux qu'aux dépens de vos jours
Vous-même en expirant appuyez[1] ses discours.
À votre accusateur que pourrai-je répondre ?
Je serai devant lui trop facile à confondre :
De son triomphe affreux je le verrai jouir,
880 Et conter votre honte à qui voudra l'ouïr.
Ah ! que plutôt du ciel la flamme me dévore !
Mais, ne me trompez point, vous est-il cher encore ?
De quel œil voyez-vous ce prince audacieux ?

PHÈDRE

Je le vois comme un monstre effroyable à mes yeux.

ŒNONE

885 Pourquoi donc lui céder une victoire entière ?
Vous le craignez : osez l'accuser la première
Du crime dont il peut vous charger aujourd'hui.
Qui vous démentira ? Tout parle contre lui :
Son épée en vos mains heureusement[2] laissée,
890 Votre trouble présent, votre douleur passée,
Son père par vos cris dès longtemps prévenu[3],
Et déjà son exil par vous-même obtenu.

PHÈDRE

Moi, que j'ose opprimer et noircir l'innocence !

ŒNONE

Mon zèle[4] n'a besoin que de votre silence,
895 Tremblante comme vous, j'en sens quelques remords[5].
Vous me verriez plus prompte affronter mille morts.
Mais, puisque je vous perds sans ce triste[6] remède,

---

1. **Appuyez** : serviez.
2. **Heureusement** : par chance.
3. **Par vos cris dès longtemps prévenu** : depuis longtemps mal disposé envers (prévenu contre) son fils à cause de vos plaintes.
4. **Mon zèle** : mon dévouement.
5. **J'en sens quelques remords** : j'éprouve des remords à l'idée d'accuser un innocent (voir v. 893).
6. **Triste** : funeste.

Votre vie est pour moi d'un prix à qui tout cède :
Je parlerai. Thésée, aigri par mes avis[1],
900 Bornera sa vengeance à l'exil de son fils :
Un père, en punissant, madame, est toujours père,
Un supplice léger suffit à sa colère.
Mais, le sang innocent dût-il être versé,
Que ne demande point votre honneur menacé ?
905 C'est un trésor trop cher pour oser le commettre[2].
Quelque loi qu'il vous dicte, il faut vous y soumettre,
Madame ; et pour sauver votre honneur combattu[3],
Il faut immoler[4] tout, et même la vertu.
On vient ; je vois Thésée.

PHÈDRE

Ah ! je vois Hippolyte :
910 Dans ses yeux insolents, je vois ma perte écrite.
Fais ce que tu voudras, je m'abandonne à toi.
Dans le trouble où je suis, je ne puis rien pour moi.

---

1. **Aigri par mes avis** : irrité par mes informations.
2. **Le commettre** : risquer de le perdre.
3. **Combattu** : menacé.
4. **Immoler** : sacrifier.

REPÈRES

• Racine a-t-il maintenu longtemps le suspens de la scène 1 ?
Pourquoi ? Montrez que cette scène 3 est construite en miroir de
la scène 1 du même acte 3 : dans quelle perspective place-t-elle
l'invocation à Vénus ? En quoi l'annonce d'Œnone peut-elle être
comprise par Phèdre comme la réponse de la déesse ?

OBSERVATION

• Qui nomme Thésée ? Par quelles périphrases la reine le désigne-
t-elle ? Pourquoi ? Quand le nomme-t-elle à son tour ? dans quel
contexte ?
• Étudiez la tirade des vers 839-868 : pourquoi la reine y rappelle-
t-elle son hérédité et sa descendance ? Quel thème reprend-elle ?
Montrez le pouvoir de l'imagination dans son trouble, en repérant
par exemple le champ lexical de la vision. En quoi le vers 909
semble-t-il résumer la scène ?
• Quel est maintenant l'objet de la culpabilité de Phèdre ?
Comparez les vers 854-856 et les vers 873-880 et distinguez la position d'Œnone de celle de la reine. Précisez le contenu de l'argumen-
tation d'Œnone justifiant d'« *opprimer l'innocence* ». Ce plan pouvait-il être celui de Phèdre ? Pourquoi ?

INTERPRÉTATIONS

• En quoi le mouvement de la scène représente-t-il un retournement
par rapport à la scène 1 dans la répartition des rôles entre Œnone et
Phèdre ? Qu'est-ce qui motive Œnone ? À quelle nécessité précisément
obéit sa tactique ? Montrez que l'évaluation de son personnage est un
des enjeux de cette scène : est-elle odieuse, est-elle touchante ?
Consultez la préface. Peut-on trancher aujourd'hui ?
• Quelle est la place de cette scène dans l'ensemble de la tragédie ?
Quelle fonction Racine a-t-il voulu lui donner ? Commentez les vers
837-838 : à quel moment sommes-nous ? Étudiez le rapport entre
passé composé et présent (v. 838). En quoi ce vers donne-t-il le sentiment de décrire la temporalité même de la tragédie ? Rapprochez-
le de la fin de la scène 3 dans l'acte I : l'action a-t-elle avancé ?

SCÈNE 4. THÉSÉE, PHÈDRE, HIPPOLYTE, THÉRAMÈNE, ŒNONE.

THÉSÉE
La fortune à mes yeux cesse d'être opposée,
Madame, et dans vos bras met...

PHÈDRE
Arrêtez, Thésée.
915 Et ne profanez point des transports[1] si charmants :
Je ne mérite plus ces doux empressements ;
Vous êtes offensé. La fortune jalouse[2]
N'a pas en votre absence épargné votre épouse.
Indigne de vous plaire et de vous approcher,
920 Je ne dois désormais songer qu'à me cacher.

---

1. Ne profanez point des transports : ne rendez pas honteuses les manifestations d'amour.
2. La fortune jalouse : la fortune jalouse de votre bonheur.

Scène 5. Thésée, Hippolyte, Théramène.

THÉSÉE
Quel est l'étrange accueil qu'on fait à votre père,
Mon fils ?

HIPPOLYTE
　　　　Phèdre peut seule expliquer ce mystère.
Mais, si mes vœux ardents vous peuvent émouvoir,
Permettez-moi, seigneur, de ne la plus revoir ;
925 Souffrez que pour jamais le tremblant Hippolyte
Disparaisse des lieux que votre épouse habite.

THÉSÉE
Vous, mon fils, me quitter ?

HIPPOLYTE
　　　　　　　　Je ne la cherchais pas ;
C'est vous qui sur ces bords conduisîtes ses pas.
Vous daignâtes, seigneur, aux rives de Trézène
930 Confier en partant Aricie et la reine :
Je fus même chargé du soin de les garder.
Mais quels soins désormais peuvent me retarder ?
Assez dans les forêts mon oisive jeunesse
Sur de vils ennemis a montré son adresse :
935 Ne pourrai-je, en fuyant un indigne repos,
D'un sang plus glorieux[1] teindre mes javelots ?
Vous n'aviez pas encore atteint l'âge où je touche,
Déjà plus d'un tyran, plus d'un monstre farouche
Avait de votre bras senti la pesanteur ;
940 Déjà, de l'insolence heureux persécuteur,

---

1. **D'un sang plus glorieux** : plus glorieux que celui des bêtes sauvages.

Hervé Bellon (Hippolyte) et Michel Etcheverry (Thésée).
Mise en scène de Marcelle Tassencourt
au festival de Versailles, 1985.

Vous aviez des deux mers[1] assuré les rivages ;
Le libre voyageur[2] ne craignait plus d'outrages ;
Hercule, respirant sur le bruit de vos coups[3],
Déjà de son travail se reposait sur vous.
945 Et moi, fils inconnu d'un si glorieux père,
Je suis même encor loin des traces de ma mère !
Souffrez que mon courage ose enfin s'occuper :
Souffrez, si quelque monstre a pu vous échapper,
Que j'apporte à vos pieds sa dépouille honorable,
950 Ou que d'un beau trépas la mémoire durable[4],
Éternisant des jours si noblement finis,
Prouve à tout l'univers que j'étais votre fils.

---

1. **Des deux mers** : la mer Ionienne et la mer Noire.
2. **Le libre voyageur** : le voyageur libéré par vos exploits.
3. **Respirant sur le bruit de vos coups** : pouvant s'arrêter à l'annonce de vos exploits.
4. **La mémoire durable** : le souvenir durable.

THÉSÉE

Que vois-je ? Quelle horreur dans ces lieux répandue
Fait fuir devant mes yeux ma famille éperdue ?
955 Si je reviens si craint et si peu désiré,
Ô ciel ! de ma prison pourquoi m'as-tu tiré ?
Je n'avais qu'un ami : son imprudente flamme
Du tyran de l'Épire allait ravir la femme ;
Je servais à regret ses desseins amoureux ;
960 Mais le sort irrité nous aveuglait tous deux.
Le tyran m'a surpris sans défense et sans armes.
J'ai vu Pirithoüs, triste objet de mes larmes,
Livré par ce Barbare à des monstres cruels[1]
Qu'il nourrissait du sang des malheureux mortels.
965 Moi-même, il m'enferma dans des cavernes sombres,
Lieux profonds et voisins de l'empire des ombres.
Les dieux, après six mois, enfin m'ont regardé :
J'ai su tromper les yeux par qui j'étais gardé.
D'un perfide ennemi j'ai purgé[2] la nature ;
970 À ses monstres lui-même a servi de pâture.
Et lorsque avec transport je pense m'approcher
De tout ce que les dieux m'ont laissé de plus cher ;
Que dis-je ? quand mon âme, à soi-même rendue,
Vient se rassasier d'une si chère vue,
975 Je n'ai pour tout accueil que des frémissements ;
Tout fuit, tout se refuse à mes embrassements :
Et moi-même, éprouvant la terreur que j'inspire,
Je voudrais être encor dans les prisons d'Épire.
Parlez. Phèdre se plaint que je suis outragé.
980 Qui m'a trahi ? Pourquoi ne suis-je pas vengé ?
La Grèce, à qui mon bras fut tant de fois utile,
A-t-elle au criminel accordé quelque asile ?

---

1. **Des monstres cruels** : le tyran a fait dévorer Pirithoüs (l'« ami » précédemment nommé par Thésée) par ses chiens, dressés à dévorer les humains.
2. **Purgé** : débarrassé.

Vous ne répondez point ! Mon fils, mon propre fils
Est-il d'intelligence avec mes ennemis ?
985 Entrons : c'est trop garder un doute qui m'accable.
Connaissons à la fois le crime et le coupable :
Que Phèdre explique enfin le trouble où je la voi[1].

SCÈNE 6. HIPPOLYTE, THÉRAMÈNE.

HIPPOLYTE
Où tendait ce discours qui m'a glacé d'effroi ?
Phèdre, toujours en proie à sa fureur extrême,
990 Veut-elle s'accuser et se perdre elle-même ?
Dieux ! que dira le roi ! Quel funeste poison
L'amour a répandu sur toute sa maison !
Moi-même, plein d'un feu que sa haine réprouve,
Quel il m'a vu jadis[2], et quel il me retrouve !
995 De noirs pressentiments viennent m'épouvanter.
Mais l'innocence enfin n'a rien à redouter.
Allons, cherchons ailleurs par quelle heureuse adresse
Je pourrai de mon père émouvoir la tendresse[3],
Et lui dire un amour qu'il peut vouloir troubler
1000 Mais que tout son pouvoir ne saurait ébranler.

---

1. Voi : licence poétique permettant la rime avec « effroi ».
2. Quel il m'a vu jadis : il m'a vu jadis dans quel état.
3. Émouvoir la tendresse : susciter la tendresse (sentiment d'amour le plus naturel, dans la langue classique, le plus fondé sur la sensibilité).

REPÈRES

• Étudiez l'enchaînement dramatique des trois scènes. Comment s'articulent-elles l'une à l'autre ? En quoi l'arrivée de Thésée modifie-t-elle l'action dramatique ? Quel en est désormais l'enjeu pour le spectateur ? Comment qualifier le premier vers du roi ?
• Pourquoi finir cet acte avec Hippolyte ? Dans quelle position Racine le place-t-il de cette manière ?

OBSERVATION

• Précisez ce que les propos de Phèdre ont d'équivoque. Comment qualifier sa sortie ? Son « *indignité* » est-elle la seule explication ?
• Étudiez le début de l'échange entre Thésée et Hippolyte. Montrez que les paroles du jeune homme sont également ambiguës et peuvent se retourner contre lui. Selon vous, est-ce maladresse, inconscience, désir secret de faire éclater la vérité ? Quels sont ses arguments pour partir ? Quelles raisons surtout permettent d'expliquer son insistante identification à son père ?
• Notez par ailleurs la fréquence des mentions de lien de parenté dans ces trois scènes (fils, époux, épouse) : quel personnage y a recours le plus souvent ? Pourquoi selon vous ?
• Étudiez la tirade de Thésée et donnez-en un plan : pourquoi revient-il sur son aventure ? Pourquoi décrit-il l'accueil qui lui est fait alors que le spectateur vient d'y assister ?
• Relevez les occurrences du mot « *monstre* » : pourquoi est-il si fréquent dans la fin de cet acte ? Quel sens le spectateur peut-il lui donner ? Justifiez votre réponse.
• La scène 6 est-elle un monologue ? Quel est l'effet produit par le vers 996 ? En quoi résume-t-il le suspens de cette fin d'acte ?

INTERPRÉTATIONS

• Étudiez le motif des signes dans les scènes 5 et 6. Montrez que la tension de la tragédie repose sur le fait que les personnages sont constamment contraints d'interpréter leur situation et qu'ils n'ont jamais tous les éléments pour le faire.

Le bruit de l'aveu

Au centre de l'acte III, le retour de Thésée ; autour de ce centre, le voile noir de l'aveu de Phèdre à Hippolyte. L'acte central de la tragédie est dominé par l'écho assourdissant que le retour de l'époux et père donne à une telle parole. Comment en annuler la puissance ? C'est Œnone qui imagine de « *noircir l'innocence* » et d'accuser Hippolyte devant Thésée. Comment en soutenir la violence et le souvenir ? C'est Phèdre qui fuit son époux aussitôt paru. Comment se protéger de la faute d'avoir trop entendu ? C'est Hippolyte qui tente de ne rien dire pour garder son père, de protéger son amour pour Aricie, et annonce une nouvelle fois qu'il va quitter Trézène. Mais par là le fils de Thésée offre à la tragédie le suspens d'une fin possible : dire que « *l'innocence n'a rien à redouter* », n'est-ce pas désigner aux dieux leur victime à venir ?

La parole tragique, entre désordre et suspens du sens

L'acte commence donc dans le plus grand trouble de Phèdre et se ferme sur l'effort d'Hippolyte pour réordonner le sens, le temps à venir, l'ordre héroïque. La construction dramatique offre à Thésée l'enjeu de son rôle : retenir ceux qui veulent s'en aller, déchiffrer l'énigmatique, se tromper bien sûr, se plaindre de ce qui lui échappe. Revenir, c'est pour lui découvrir le risque de la perte – sa femme, son fils. Ne reste au héros que le souvenir de ses propres exploits. Car le roi n'entre en scène que lorsque tout est dit et que néanmoins tout s'est opacifié : ce n'est pas la moindre surprise dramatique que ce trouble redonné, par la parole et dans la parole, à ce qui était apparu avec le plus de clarté. Racine donne au discours une autre fonction que l'éclaircissement des êtres : celle d'une dynamique au plan de l'action, d'un dévoilement qui est comme un viol des êtres, celle d'une faute. Il faudrait n'avoir pas parlé : autant dire qu'il ne devrait pas y avoir de tragédie. Dans le sens donné par les personnages eux-mêmes au maléfice qu'est leur prise de parole, la tragédie se montre sur sa fin, avoue sa disparition possible, comme en un second suspens offert au spectateur.

ACTE IV

SCÈNE PREMIÈRE. THÉSÉE, ŒNONE.

THÉSÉE

Ah ! qu'est-ce que j'entends ? Un traître, un téméraire
Préparait cet outrage à l'honneur de son père,
Avec quelle rigueur, destin, tu me poursuis :
Je ne sais où je vais, je ne sais où je suis.
1005 Ô tendresse ! ô bonté trop mal récompensée !
Projets audacieux ! détestable pensée !
Pour parvenir au but de ses noires amours,
L'insolent de la force empruntait le secours !
J'ai reconnu le fer[1], instrument de sa rage,
1010 Ce fer dont je l'armai pour un plus noble usage.
Tous les liens du sang n'ont pu le retenir !
Et Phèdre différait à le faire punir !
Le silence de Phèdre épargnait le coupable !

ŒNONE

Phèdre épargnait plutôt un père déplorable[2] :
1015 Honteuse du dessein d'un amant furieux
Et du feu criminel qu'il a pris dans ses yeux,
Phèdre mourait, seigneur, et sa main meurtrière
Éteignait de ses yeux l'innocente lumière.
J'ai vu lever le bras, j'ai couru la sauver,
1020 Moi seule à votre amour j'ai su la conserver :
Et, plaignant à la fois son trouble et vos alarmes,
J'ai servi, malgré moi, d'interprète à ses larmes.

THÉSÉE

Le perfide ! il n'a pu s'empêcher de pâlir :

---

1. **Le fer** : il s'agit de l'épée d'Hippolyte, que Phèdre lui a arrachée (acte II, scène 5) et a gardée.
2. **Un père déplorable** : un père digne d'être plaint.

De crainte, en m'abordant[1], je l'ai vu tressaillir.
1025 Je me suis étonné de son peu d'allégresse ;
Ses froids embrassements ont glacé ma tendresse.
Mais ce coupable amour dont il est dévoré
Dans Athènes déjà s'était-il déclaré ?

ŒNONE

Seigneur, souvenez-vous des plaintes de la reine :
1030 Un amour criminel causa toute sa haine.

THÉSÉE

Et ce feu dans Trézène a donc recommencé ?

ŒNONE

Je vous ai dit, seigneur, tout ce qui s'est passé.
C'est trop laisser la reine à sa douleur mortelle ;
Souffrez que je vous quitte et me range auprès d'elle[2].

1. **En m'abordant** : le gérondif se rapporte au pronom objet « *le* », ce qui serait impossible dans la langue moderne.
2. **Me range auprès d'elle** : reprenne ma place auprès d'elle.

REPÈRES

• Que s'est-il passé entre les deux actes ? Comment Racine donne-t-il le sentiment que la scène a déjà commencé ? Pourquoi ce procédé ? Quel est l'effet produit par cette ouverture ? Sur quoi permet-elle d'insister ? Qui occupe ainsi le premier plan de la scène ?

OBSERVATION

• Étudiez les marques de la colère dans la première réplique de Thésée. Quels sont les « *projets audacieux* » auxquels il fait allusion ? Quel est le détail qui le convainc de la véracité des propos d'Œnone ? En quoi a-t-il intérêt à les comprendre ainsi ?

• Quelles sont les paroles d'Œnone qui accusent franchement Hippolyte ? Ment-elle tout à fait ? Pourquoi ? Repérez les différentes étapes de l'histoire de Phèdre dans son propos. Cherche-t-elle à accabler Hippolyte ? Commentez sa sortie.

• Œnone n'est pas seule « *interprète* » dans cette scène : montrez que sa révélation amène Thésée à revenir sur les signes passés et à les interpréter dans le sens qui confirme ce qu'il vient d'apprendre. Montrez aussi qu'il répète des expressions à double entente : pourquoi ? Quel peut en être l'effet sur le spectateur ? Commentez en particulier le vers 1031.

INTERPRÉTATIONS

• En comparant cette scène avec les précédentes, dans l'acte III, précisez la fonction dramatique de l'équivoque : de quoi témoigne-t-elle de la part des personnages ? À quoi aboutit-elle sur le plan de l'action ? Quel sens symbolique peut-on lui donner ? Y a-t-il de ce point de vue un personnage qui puisse être interprété de manière univoque ?

SCÈNE 2. THÉSÉE, HIPPOLYTE.

THÉSÉE

1035 Ah ! le voici. Grands dieux ! à ce noble maintien
Quel œil ne serait pas trompé comme le mien ?
Faut-il que sur le front d'un profane adultère[1]
Brille de la vertu le sacré caractère[2] !
Et ne devrait-on pas à des signes certains
1040 Reconnaître le cœur des perfides humains !

HIPPOLYTE

Puis-je vous demander quel funeste nuage,
Seigneur, a pu troubler votre auguste visage ?
N'osez-vous confier ce secret à ma foi ?

THÉSÉE

Perfide ! Oses-tu bien te montrer devant moi ?
1045 Monstre, qu'a trop longtemps épargné le tonnerre,
Reste impur des brigands dont j'ai purgé la terre,
Après que le transport d'un amour plein d'horreur[3]
Jusqu'au lit de ton père a porté ta fureur,
Tu m'oses présenter une tête ennemie !
1050 Tu parais dans des lieux pleins de ton infamie,
Et ne vas pas chercher, sous un ciel inconnu,
Des pays où mon nom ne soit point parvenu !
Fuis, traître ! Ne viens point braver ici ma haine,
Et tenter un courroux que je retiens à peine[4] :
1055 C'est bien assez pour moi de l'opprobre[5] éternel
D'avoir pu mettre au jour un fils si criminel,
Sans que ta mort encor, honteuse à ma mémoire,
De mes nobles travaux vienne souiller la gloire.
Fuis ; et, si tu veux qu'un châtiment soudain

---

1. Un profane adultère : l'expression désigne le caractère sacrilège de l'adultère, qui a profané le mariage.
2. De la vertu le sacré caractère : le caractère sacré de la vertu.
3. Un amour plein d'horreur : un amour horrible, monstrueux.
4. À peine : avec peine.
5. L'opprobre : la honte, l'ignominie.

*Thésée et Hippolyte. Gravure de Le Bas (1783-1843),
d'après un dessin de Girodet. Bibliothèque nationale, Paris.*

1060 T'ajoute aux scélérats qu'a punis cette main,
Prends garde que jamais l'astre qui nous éclaire
Ne te voie en ces lieux mettre un pied téméraire.
Fuis, dis-je ; et sans retour précipitant tes pas,
De ton horrible aspect purge tous mes États.
1065 Et toi, Neptune, et toi, si jadis mon courage
D'infâmes assassins nettoya ton rivage,
Souviens-toi que, pour prix de mes efforts heureux,
Tu promis d'exaucer le premier de mes vœux.
Dans les longues rigueurs d'une prison cruelle
1070 Je n'ai point imploré ta puissance immortelle ;
Avare du secours[1] que j'attends de tes soins,
Mes vœux t'ont réservé pour de plus grands besoins :
Je t'implore aujourd'hui. Venge un malheureux père ;
J'abandonne ce traître à toute ta colère ;
1075 Étouffe dans son sang ses désirs effrontés :
Thésée à tes fureurs connaîtra[2] tes bontés.

HIPPOLYTE

D'un amour criminel Phèdre accuse Hippolyte !
Un tel excès d'horreur rend mon âme interdite ;
Tant de coups imprévus m'accablent à la fois,
1080 Qu'ils m'ôtent la parole et m'étouffent la voix.

THÉSÉE

Traître, tu prétendais qu'en un lâche silence
Phèdre ensevelirait ta brutale insolence :
Il fallait, en fuyant, ne pas abandonner
Le fer qui dans ses mains aide à te condamner ;
1085 Ou plutôt il fallait, comblant[3] ta perfidie,
Lui ravir tout d'un coup[4] la parole et la vie.

HIPPOLYTE

D'un mensonge si noir justement irrité,

---

1. **Avare du secours** : gardant précieusement le recours possible à tes soins.
2. **Connaîtra** : reconnaîtra.
3. **Comblant** : portant à son comble.
4. **Tout d'un coup** : ensemble.

111

Je devrais faire ici parler la vérité,
Seigneur ; mais je supprime[1] un secret qui vous touche.
1090 Approuvez le respect qui me ferme la bouche,
Et, sans vouloir vous-même augmenter vos ennuis[2],
Examinez ma vie, et songez qui je suis.
Quelques crimes toujours précèdent les grands crimes ;
Quiconque a pu franchir les bornes légitimes[3]
1095 Peut violer enfin[4] les droits les plus sacrés :
Ainsi que la vertu, le crime a ses degrés ;
Et jamais on n'a vu la timide innocence
Passer subitement à l'extrême licence[5].
Un jour seul ne fait point d'un mortel vertueux
1100 Un perfide assassin, un lâche incestueux.
Élevé dans le sein d'une chaste héroïne,
Je n'ai point de son sang démenti l'origine.
Pitthée, estimé sage entre tous les humains,
Daigna m'instruire encore au sortir de ses mains[6].
1105 Je ne veux point me peindre avec trop d'avantage ;
Mais si quelque vertu m'est tombée en partage[7],
Seigneur, je crois surtout avoir fait éclater[8]
La haine des forfaits qu'on ose m'imputer.
C'est par là qu'Hippolyte est connu dans la Grèce.
1110 J'ai poussé la vertu jusques à la rudesse :
On sait de mes chagrins[9] l'inflexible rigueur.
Le jour n'est pas plus pur que le fond de mon cœur.
Et l'on veut qu'Hippolyte épris d'un feu profane...

---

1. **Je supprime** : je tais.
2. **Vos ennuis** : vos tourments (sens fort).
3. **Les bornes légitimes** : les limites de la loi.
4. **Peut violer enfin** : peut finir par violer.
5. **L'extrême licence** : le comble de la dépravation.
6. **Au sortir de ses mains** : il s'agit des mains d'Antiope la « *chaste héroïne* » dont Hippolyte vient de parler.
7. **M'est tombée en partage** : m'est échue en partage.
8. **Avoir fait éclater** : avoir manifesté en public.
9. **Mes chagrins** : ma dureté vertueuse.

THÉSÉE

Oui, c'est ce même orgueil, lâche ! qui te condamne.
1115 Je vois de tes froideurs le principe odieux :
Phèdre seule charmait tes impudiques yeux ;
Et pour tout autre objet ton âme indifférente
Dédaignait de brûler d'une flamme innocente.

HIPPOLYTE

Non, mon père, ce cœur[1], c'est trop vous le celer[2],
1120 N'a point d'un chaste amour dédaigné de brûler.
Je confesse à vos pieds ma véritable offense :
J'aime, j'aime, il est vrai, malgré votre défense.
Aricie à ses lois tient mes vœux asservis ;
La fille de Pallante a vaincu votre fils :
1125 Je l'adore ; et mon âme, à vos ordres rebelle,
Ne peut ni soupirer, ni brûler que pour elle.

THÉSÉE

Tu l'aimes ? ciel ! Mais non, l'artifice est grossier :
Tu te feins criminel pour te justifier.

HIPPOLYTE

Seigneur, depuis six mois je l'évite et je l'aime ;
1130 Je venais, en tremblant, vous le dire à vous-même.
Eh quoi ! de votre erreur rien ne vous peut tirer !
Par quel affreux[3] serment faut-il vous rassurer ?
Que la terre, le ciel, que toute la nature...

THÉSÉE

Toujours les scélérats ont recours au parjure.
1135 Cesse, cesse, et m'épargne un importun discours,
Si ta fausse vertu n'a point d'autre secours.

---

1. Ce cœur : Hippolyte parle de son cœur.
2. Celer : cacher.
3. Affreux : terrible.

HIPPOLYTE

Elle vous paraît fausse et pleine d'artifice :
Phèdre au fond de son cœur me rend plus de justice.

THÉSÉE

Ah ! que ton impudence excite mon courroux !

HIPPOLYTE

1140 Quel temps à mon exil, quel lieu prescrivez-vous ?

THÉSÉE

Fusses-tu par-delà les colonnes d'Alcide[1]
Je me croirais encor trop voisin d'un perfide.

HIPPOLYTE

Chargé du crime affreux dont vous me soupçonnez,
Quels amis me plaindront, quand vous m'abandonnez ?

THÉSÉE

1145 Va chercher des amis dont l'estime funeste
Honore l'adultère, applaudisse à l'inceste,
Des traîtres, des ingrats sans honneur et sans loi,
Dignes de protéger un méchant[2] tel que toi.

HIPPOLYTE

Vous me parlez toujours d'inceste et d'adultère :
1150 Je me tais. Cependant Phèdre sort d'une mère,
Phèdre est d'un sang, seigneur, vous le savez trop bien,
De toutes ces horreurs plus rempli que le mien.

THÉSÉE

Quoi ! ta rage à mes yeux perd toute retenue ?
Pour la dernière fois, ôte-toi de ma vue ;
1155 Sors, traître : n'attends pas qu'un père furieux
Te fasse avec opprobre arracher de ces lieux.

---

1. **Les colonnes d'Alcide** : les colonnes d'Hercule, c'est-à-dire le détroit de Gibraltar, entre la Méditerranée et l'Atlantique. Dans l'Antiquité, elles étaient considérées comme le bord du monde.
2. **Un méchant** : un homme mauvais (sens fort dans la langue classique).

Repères

• À qui s'adresse la première réplique de Thésée ? Comment articule-t-elle la scène 2 à la précédente ? Citez précisément le texte pour répondre.
• Observez la longueur des répliques. Montrez que l'échange se resserre entre le père et le fils ; ce resserrement correspond-il à un accord ? Faites un plan de cette scène en donnant un titre à chacune de ses parties.

Observation

• En quoi la première réplique d'Hippolyte fait-elle rigoureusement écho à celle de Thésée, alors même que leur dialogue n'a pas encore commencé ? Étudiez le motif des signes et de la vérité dans la scène : montrez comment il se déplace d'Hippolyte à Phèdre, et passe par le sens donné au « *fer* » du jeune homme. Vous analyserez en particulier le champ lexical de la vue.
• Étudiez l'expression stylistique de la colère dans la tirade de Thésée : types de phrases, figures, vocabulaire. Autour de quel mot s'organise-t-elle ? À quelle scène précédente ce mot fait-il écho ?
• Étudiez la défense d'Hippolyte : précisez ses arguments et leur progression. Pourquoi parle-t-il de lui-même à la troisième personne ? Relevez, dans les propos du jeune homme, les expressions qui tentent d'obliger Thésée à une interprétation nouvelle, au moment même où celui-ci croit détenir la vérité. Expliquez le vers 1138.
• Quel suspens l'aveu de l'amour pour Aricie introduit-il dans cette défense ? Pourquoi cet aveu ne réussit-il pas ?

Interprétations

• La violence de la colère de Thésée vous paraît-elle uniquement imputable au crime dont il croit Hippolyte coupable ? Dégagez de ses propos le thème du « *monstre* » déjà rencontré : comment s'articule-t-il pour lui à sa carrière héroïque ?
• Quel peut être l'effet de cette scène pour le spectateur ? Comment peut lui apparaître ce monde dans lequel les signes ne sont pas clairs ? Essayez de préciser l'articulation symbolique entre cette opacité et le reniement du fils par le père.

SCÈNE 3. THÉSÉE

Misérable, tu cours à ta perte infaillible !
Neptune, par le fleuve aux dieux mêmes terrible[1]
M'a donné sa parole, et va l'exécuter.
1160 Un dieu vengeur te suit[2], tu ne peux l'éviter.
Je t'aimais ; et je sens que, malgré ton offense,
Mes entrailles pour toi se troublent par avance.
Mais à te condamner tu m'as trop engagé :
Jamais père, en effet, fut-il plus outragé !
1165 Justes dieux, qui voyez la douleur qui m'accable,
Ai-je pu mettre au jour un enfant si coupable !

SCÈNE 4. THÉSÉE, PHÈDRE.

PHÈDRE

Seigneur, je viens à vous, pleine d'un juste effroi ;
Votre voix redoutable a passé[3] jusqu'à moi :
Je crains qu'un prompt effet n'ait suivi la menace.
1170 S'il en est temps encore, épargnez votre race,
Respectez votre sang ; j'ose vous en prier :
Sauvez-moi de l'horreur de l'entendre crier[4] ;
Ne me préparez point la douleur éternelle
De l'avoir fait répandre à la main paternelle.

THÉSÉE

1175 Non, madame, en mon sang ma main n'a point trempé ;
Mais l'ingrat toutefois ne m'est point échappé :

---

1. **Par le fleuve aux dieux mêmes terrible** : par le Styx (fleuve de la mort).
Si Neptune a juré par le Styx, son serment est absolument irrévocable.
2. **Te suit** : te poursuit.
3. **A passé** : est arrivée.
4. **Crier** : c'est du sang, métonymie pour le descendant, qu'il s'agit.

Une immortelle main de sa perte est chargée,
Neptune me la doit ; et vous serez vengée.

PHÈDRE

Neptune vous la doit ! Quoi ! vos vœux irrités[1]...

THÉSÉE

1180 Quoi ! craignez-vous déjà qu'ils ne soient écoutés !
Joignez-vous bien plutôt à mes vœux légitimes :
Dans toute leur noirceur retracez-moi ses crimes ;
Échauffez mes transports[2] trop lents, trop retenus.
Tous ses crimes encor ne vous sont point connus :
1185 Sa fureur contre vous se répand en injures ;
Votre bouche, dit-il, est pleine d'impostures ;
Il soutient qu'Aricie a son cœur, a sa foi,
Qu'il l'aime.

PHÈDRE

Quoi, seigneur !

THÉSÉE

Il l'a dit devant moi :
Mais je sais rejeter un frivole artifice[3].
1190 Espérons de Neptune une prompte justice :
Je vais moi-même encore au pied de ses autels
Le presser d'accomplir ses serments immortels.

SCÈNE 5. PHÈDRE.

Il sort. Quelle nouvelle a frappé mon oreille ?
Quel feu mal étouffé dans mon cœur se réveille ?
1195 Quel coup de foudre, ô ciel ! et quel funeste avis[4] !
Je volais tout entière au secours de son fils ;

---

1. **Vos vœux irrités** : vos désirs de vengeance.
2. **Mes transports** : mes manifestations de colère.
3. **Un frivole artifice** : une ruse facile.
4. **Quel funeste avis** : quelle nouvelle funeste.

Et, m'arrachant des bras d'Œnone épouvantée,
Je cédais au remords dont j'étais tourmentée.
Qui sait même où m'allait porter[1] ce repentir ?
1200 Peut-être à m'accuser j'aurais pu consentir ;
Peut-être, si la voix ne m'eût été coupée,
L'affreuse vérité me serait échappée.
Hippolyte est sensible[2], et ne sent rien pour moi !
Aricie a son cœur ! Aricie a sa foi !
1205 Ah ! dieux ! Lorsqu'à mes vœux l'ingrat inexorable
S'armait d'un œil si fier, d'un front si redoutable,
Je pensais qu'à l'amour son cœur toujours fermé
Fût[3] contre tout mon sexe également armé :
Une autre cependant a fléchi son audace[4] ;
1210 Devant ses yeux cruels une autre a trouvé grâce.
Peut-être a-t-il un cœur facile à s'attendrir :
Je suis le seul objet qu'il ne saurait souffrir[5].
Et je me chargerais du soin de le défendre !

---

1. **Où m'allait porter :** jusqu'où allait me porter.
2. **Est sensible :** peut être touché par l'amour.
3. **Fût :** était (latinisme).
4. **Son audace :** sa résistance à l'amour.
5. **Le seul objet qu'il ne saurait souffrir :** la seule femme qu'il ne saurait supporter.

REPÈRES

• Étudiez l'enchaînement dramatique de ces trois scènes en les arti-
culant deux par deux (3-4 puis 4-5). Quelle est la fonction de la
scène 4 ? Relevez dans le monologue de Phèdre les paroles qui montrent que l'action aurait pu prendre une tout autre tournure.
• Expliquez en quoi le suspens apporté par la malédiction de Thésée
débouche sur un nouveau coup de théâtre.

OBSERVATION

• Marquez les trois temps du monologue de Thésée. Montrez comment il revient progressivement vers lui-même et change de sentiment. Précisez son intonation à la fin de la scène. Quel rôle les
« *entrailles* » jouent-elles par rapport aux signes que Thésée n'a
cessé d'interroger jusque-là ?
• Expliquez le sens du vers 1168 dans la scène 4. Observez la longueur des répliques de Phèdre dans la scène : qu'en conclure ?
• Commentez le sens du mot « *sang* » dans les vers 1171 et 1175 :
que peut annoncer un tel déplacement ? Montrez qu'il résume le
mouvement même de la tragédie.
• De même, montrez que le coup de théâtre repose sur le premier
aveu de la pièce, qui trouve ici un ultime écho. Comment Racine
a-t-il mis en relief le mot central dans les propos de Thésée ?
• Rapprochez le monologue de Phèdre de la première tirade de
Thésée : quel mouvement ont-ils en commun ? En quoi est-il la
manifestation de la passion ?

INTERPRÉTATIONS

• Qui, depuis le début de l'acte IV, est devenu l'artisan de la violence
tragique et de la progression de l'action ? Justifiez votre réponse.
• Essayez de préciser les variations de sentiment du spectateur au
cours de ces trois scènes. Quelle est de ce point de vue la fonction
du monologue de Phèdre (scène 5) ? Quel semble être à partir de là
le moteur de l'action ?

SCÈNE 6. PHÈDRE, ŒNONE.

PHÈDRE

Chère Œnone, sais-tu ce que je viens d'apprendre ?

ŒNONE

1215 Non ; mais je viens tremblante, à ne vous point mentir.
J'ai pâli du dessein qui vous a fait sortir ;
J'ai craint une fureur à vous-même fatale.

PHÈDRE

Œnone, qui l'eût cru ? j'avais une rivale !

ŒNONE

Comment !

PHÈDRE

Hippolyte aime ; et je n'en puis douter.
1220 Ce farouche ennemi qu'on ne pouvait dompter,
Qu'offensait le respect[1], qu'importunait la plainte[2],
Ce tigre, que jamais je n'abordai sans crainte,
Soumis, apprivoisé, reconnaît un vainqueur :
Aricie a trouvé le chemin de son cœur.

ŒNONE

1225 Aricie !

PHÈDRE

Ah ! douleur non encore éprouvée !
À quel nouveau tourment je me suis réservée !
Tout ce que j'ai souffert, mes craintes, mes transports,
La fureur de mes feux, l'horreur de mes remords,
Et d'un cruel refus l'insupportable injure,
1230 N'était qu'un faible essai du tourment que j'endure.
Ils s'aiment ! Par quel charme ont-ils trompé mes yeux ?
Comment se sont-ils vus ? depuis quand ? dans quels
[lieux ?
Tu le savais : pourquoi me laissais-tu séduire[3] ?

---

1. **Le respect** : l'admiration éperdue qu'on a pour lui.
2. **La plainte** : il s'agit des plaintes d'amour. Le singulier est « poétique ».
3. **Séduire** : tromper.

De leur furtive ardeur[1] ne pouvais-tu m'instruire ?
1235 Les a-t-on vus souvent se parler, se chercher ?
Dans le fond des forêts allaient-ils se cacher ?
Hélas ! ils se voyaient avec pleine licence[2] :
Le ciel de leurs soupirs approuvait l'innocence ;
Ils suivaient sans remords leur penchant amoureux ;
1240 Tous les jours se levaient clairs et sereins pour eux !
Et moi, triste rebut de la nature entière,
Je me cachais au jour, je fuyais la lumière ;
La mort est le seul dieu que j'osais implorer.
J'attendais le moment où j'allais expirer ;
1245 Me nourrissant de fiel[3], de larmes abreuvée,
Encor, dans mon malheur de trop près observée,
Je n'osais dans mes pleurs me noyer à loisir.
Je goûtais en tremblant ce funeste plaisir ;
Et, sous un front serein déguisant mes alarmes[4],
1250 Il fallait bien souvent me priver de mes larmes.

ŒNONE

Quel fruit recevront-ils de leurs vaines amours ?
Ils ne se verront plus.

PHÈDRE

Ils s'aimeront toujours !
Au moment que je parle, ah ! mortelle pensée !
Ils bravent la fureur d'une amante insensée !
1255 Malgré ce même exil qui va les écarter[5],
Ils font mille serments de ne se point quitter.
Non, je ne puis souffrir un bonheur qui m'outrage,
Œnone, prends pitié de ma jalouse rage.
Il faut perdre Aricie ; il faut de mon époux
1260 Contre un sang odieux réveiller le courroux :

---

1. **Leur furtive ardeur** : leur amour secret.
2. **Avec pleine licence** : avec pleine liberté.
3. **Fiel** : aigreur.
4. **Déguisant mes alarmes** : cachant la violence de mon trouble.
5. **Ce même exil qui va les écarter** : cet exil même qui va les séparer.

Qu'il ne se borne pas à des peines légères !
Le crime de la sœur passe celui des frères.
Dans mes jaloux transports je le veux implorer.
Que fais-je ? Où ma raison se va-t-elle égarer ?
1265 Moi jalouse ! Et Thésée est celui que j'implore !
Mon époux est vivant, et moi je brûle encore !
Pour qui ? Quel est le cœur où prétendent mes vœux ?
Chaque mot sur mon front fait dresser mes cheveux.
Mes crimes désormais ont comblé la mesure :
1270 Je respire à la fois l'inceste et l'imposture[1] ;
Mes homicides mains, promptes à me venger,
Dans le sang innocent brûlent de se plonger.
Misérable ! et je vis ! et je soutiens la vue
De ce sacré soleil dont je suis descendue !
1275 J'ai pour aïeul le père et le maître des dieux ;
Le ciel, tout l'univers est plein de mes aïeux ;
Où me cacher ? Fuyons dans la nuit infernale[2].
Mais que dis-je ? mon père y tient l'urne fatale[3] ;
Le sort, dit-on, l'a mise en ses sévères mains :
1280 Minos juge aux enfers tous les pâles humains[4].
Ah ! combien frémira son ombre épouvantée,
Lorsqu'il verra sa fille à ses yeux présentée,
Contrainte d'avouer tant de forfaits divers,
Et des crimes peut-être inconnus aux enfers !
1285 Que diras-tu, mon père, à ce spectacle horrible ?
Je crois voir de ta main tomber l'urne terrible ;
Je crois te voir, cherchant un supplice nouveau,
Toi-même de ton sang devenir le bourreau.
Pardonne : un dieu cruel[5] a perdu ta famille ;

---

1. **L'imposture** : parce qu'elle a laissé accuser Hippolyte.
2. **La nuit infernale** : la nuit des Enfers.
3. **L'urne fatale** : Phèdre fait référence à l'urne où l'on tirait le sort des morts à l'entrée des Enfers, que gardait son père, Minos (dans l'*Énéide* de Virgile, livre VI).
4. **Les pâles humains** : les morts (blêmes).
5. **Un dieu cruel** : Vénus (voir v. 306).

1290 Reconnais sa vengeance aux fureurs de ta fille.
Hélas ! du crime affreux dont la honte me suit,
Jamais mon triste cœur n'a recueilli le fruit[1] :
Jusqu'au dernier soupir de malheurs poursuivie
Je rends dans les tourments une pénible vie.

ŒNONE

1295 Eh ! repoussez, madame, une injuste terreur !
Regardez d'un autre œil une excusable erreur.
Vous aimez. On ne peut vaincre sa destinée :
Par un charme fatal vous fûtes entraînée.
Est-ce donc un prodige inouï parmi nous ?
1300 L'amour n'a-t-il encor triomphé que de vous ?
La faiblesse aux humains n'est que trop naturelle :
Mortelle, subissez le sort d'une mortelle.
Vous vous plaignez d'un joug imposé dès longtemps[2] :
Les dieux mêmes, les dieux de l'Olympe habitants,
1305 Qui d'un bruit si terrible épouvantent les crimes[3],
Ont brûlé quelquefois de feux illégitimes.

PHÈDRE

Qu'entends-je ! Quels conseils ose-t-on me donner ?
Ainsi donc jusqu'au bout tu veux m'empoisonner,
Malheureuse ! voilà comme tu m'as perdue ;
1310 Au jour que je fuyais c'est toi qui m'as rendue.
Tes prières m'ont fait oublier mon devoir ;
J'évitais Hippolyte ; et tu me l'as fait voir.
De quoi te chargeais-tu ? Pourquoi ta bouche impie
A-t-elle, en l'accusant, osé noircir sa vie ?
1315 Il en mourra peut-être, et d'un père insensé
Le sacrilège vœu peut-être est exaucé.
Je ne t'écoute plus. Va-t-en, monstre exécrable !

---

1. **Recueilli le fruit** : Phèdre se dit coupable d'un crime dont elle n'a pu
avoir la jouissance. Son inceste est virtuel.
2. **Dès longtemps** : depuis longtemps.
3. **D'un bruit [...] les crimes** : déplacement. Ce sont les criminels potentiels
qui sont détournés du crime par l'épouvante que leur causent les punitions
divines.

Va, laisse-moi le soin de mon sort déplorable.
Puisse le juste ciel dignement te payer !
1320 Et puisse ton supplice à jamais effrayer
Tous ceux qui, comme toi, par de lâches adresses,
Des princes malheureux nourrissent les faiblesses,
Les poussent au penchant où leur cœur est enclin,
Et leur osent du crime aplanir le chemin !
1325 Détestables flatteurs, présent le plus funeste
Que puisse faire aux rois la colère céleste !

ŒNONE, *seule.*
Ah ! dieux ! pour la servir j'ai tout fait, tout quitté ;
Et j'en reçois ce prix ! Je l'ai bien mérité.

Burin de Paul Lemagny, 1949.
Bibliothèque nationale, Paris.

REPÈRES

• Qu'apprend le spectateur sur le mouvement intérieur qui a mené Phèdre auprès de Thésée dans la scène précédente ?
• Que craint exactement Œnone ? Mettez en relation les vers 1216-1217 avec l'ensemble de la scène : en quoi définissent-ils exactement ce qui se passe ?

OBSERVATION

• Étudiez, dans la première tirade de Phèdre, les marques d'un discours produit par la souffrance : mouvement d'ensemble, rythmes saccadés, coupes du vers, allitérations et assonances.
• Notez l'importance de l'imagination dans les deux tirades de Phèdre : quelles scènes notamment se représente-t-elle ? Étudiez-en la progression. Quel rôle ces scènes jouent-elles dans sa douleur ? Et quel rapport vous paraît-il s'établir entre cette aptitude à produire des images et sa fureur ?
• Quels sont dans cette scène les objets de haine successifs de Phèdre ? Comment passe-t-elle de l'un à l'autre ? Selon quelle logique ? À lire les vers 1321-1326, dites si elle obéit encore à la fureur ou à la raison. Justifiez votre réponse. Essayez de qualifier son état à la fin de la scène.
• Montrez que, dès son entrée en scène, Œnone est dépassée par les événements et ne peut endiguer la fureur de la reine. Que tente-t-elle de faire aux vers 1295-1306 ? Expliquez le vers 1328.

INTERPRÉTATIONS

• Étudiez dans les deux tirades le double motif de l'ombre et de la lumière. Comment est-il originellement lié au personnage de Phèdre (v. 1274-1277) ? Comment prend-il sens à ce moment de la représentation ? Après avoir lu les indications sur l'unité de temps (« Contextes »), précisez en quoi ce motif permet de définir le temps même de la tragédie.
• Après avoir relu la toute première scène de la pièce, vous montrerez en quoi cette scène-ci finit de l'éclairer ; vous montrerez comment se développe ici l'opposition interne au discours d'Hippolyte entre deux femmes. Que peut attendre désormais le spectateur ?

La fureur, de Thésée à Phèdre

Aux deux bouts de l'acte IV, une fureur meurtrière : c'est Thésée qui voue son fils à la vengeance de Neptune, c'est Phèdre qui renie Œnone, emportée par la jalousie de l'incroyable nouvelle – Hippolyte n'est plus Hippolyte : il aime. Sous les coups de chaque nouvelle, les couples éclatent et se brisent : père et fils, reine et confidente. La fureur surgit dans la lumière aveuglante de ce qui n'était pas vu et, curieusement, par-delà les deux autres personnages, elle rapproche les époux qui se sont à peine parlé depuis le retour de Thésée. Leur symétrie est d'autant plus violente que l'un se trompe et l'autre découvre une vérité cachée. Comme si la fureur, le déchirement de l'être, le pathétique de la douleur avaient peu à voir au fond avec la vérité, et tout avec le sentiment abrupt, justifié ou non, d'un dévoilement.

Voilà que des cris emplissent la scène tragique, que les dieux sont convoqués : Neptune, Vénus. Et déjà le spectateur croit voir fumer le sang des victimes.

Signes et interprètes : le temps de la tragédie

Juste avant la fin, Racine représente la violence de l'interprétation : comme Œnone interprète l'attitude de Phèdre devant Thésée, Thésée interprète le visage de son fils et croit y avoir vu la certitude de ce qu'il vient d'apprendre. L'interprétation repose ainsi sur le trouble des apparences et la violence du sens. De l'interprétation à la malédiction, c'est toujours la puissance négative de la parole qui se fait entendre sur la scène ; c'est aussi sa soumission à l'ordre d'une imagination délirante. Phèdre qui apprend l'amour d'Hippolyte pour Aricie, c'est la dévastation d'une image intérieure insoutenable, d'où elle-même est exclue puisqu'elle la voit : « *ils s'aimeront toujours* ». L'amour est en effet le seul sentiment qui puisse faire sortir d'une temporalité obsédée par le passé. Avec la malédiction, le furieux porte sa propre volonté de puissance dans le futur, et tente de modifier le temps. De ce point de vue, l'ironie tragique est de faire croire un moment au personnage furieux qu'il maîtrise le temps quand en réalité lui, comme les autres, est emporté par une tourmente qui va l'étreindre avant de le soumettre.

ACTE V

SCÈNE PREMIÈRE. HIPPOLYTE, ARICIE, ISMÈNE.

ARICIE

Quoi ! vous pouvez vous taire en ce péril extrême ?
1330 Vous laissez dans l'erreur un père qui vous aime ?
Cruel, si, de mes pleurs méprisant le pouvoir,
Vous consentez sans peine à ne me plus revoir,
Partez ; séparez-vous de la triste[1] Aricie ;
Mais du moins en partant assurez votre vie[2],
1335 Défendez votre honneur d'un reproche honteux,
Et forcez votre père à révoquer ses vœux[3] :
Il en est temps encor. Pourquoi, par quel caprice,
Laissez-vous le champ libre à votre accusatrice ?
Éclaircissez Thésée[4].

HIPPOLYTE

Eh ! que n'ai-je point dit !
1340 Ai-je dû mettre au jour l'opprobre de son lit[5] ?
Devais-je, en lui faisant un récit trop sincère,
D'une indigne rougeur couvrir le front d'un père ?
Vous seule avez percé ce mystère odieux.
Mon cœur pour s'épancher n'a que vous et les dieux.
1345 Je n'ai pu vous cacher, jugez si je vous aime,
Tout ce que je voulais me cacher à moi-même.
Mais songez sous quel sceau[6] je vous l'ai révélé :

---

1. **Triste :** désespérée.
2. **Assurez votre vie :** sauvez votre vie.
3. **Révoquer ses vœux :** revenir sur son souhait.
4. **Éclaircissez Thésée :** dites la vérité à Thésée.
5. **Ai-je dû mettre [...] lit :** aurais-je dû rendre public le déshonneur de son mariage (le passé composé pour un conditionnel à valeur d'irréel du passé est un latinisme équivalent à l'emploi de l'imparfait).
6. **Sous quel sceau :** à quelle condition, avec quelle garantie.

Oubliez, s'il se peut, que je vous ai parlé,
Madame ; et que jamais une bouche si pure
1350 Ne s'ouvre pour conter cette horrible aventure.
Sur l'équité des dieux osons nous confier[1] ;
Ils ont trop d'intérêt à me justifier :
Et Phèdre, tôt ou tard de son crime punie,
N'en saurait éviter la juste[2] ignominie.
1355 C'est l'unique respect que j'exige de vous.
Je permets tout le reste à mon libre courroux :
Sortez de l'esclavage où vous êtes réduite ;
Osez me suivre, osez accompagner ma fuite ;
Arrachez-vous d'un lieu funeste et profané
1360 Où la vertu respire un air empoisonné ;
Profitez, pour cacher votre prompte retraite,
De la confusion que ma disgrâce y jette.
Je vous puis de la fuite assurer les moyens :
Vous n'avez jusqu'ici de gardes que les miens ;
1365 De puissants défenseurs prendront notre querelle[3] ;
Argos nous tend les bras, et Sparte[4] nous appelle :
À nos amis communs portons nos justes cris ;
Ne souffrons pas que Phèdre, assemblant nos débris[5],
Du trône paternel nous chasse l'un et l'autre,
1370 Et promette à son fils ma dépouille et la vôtre.
L'occasion est belle, il la faut embrasser[6]...
Quelle peur vous retient ? Vous semblez balancer[7] !
Votre seul intérêt m'inspire cette audace :
Quand je suis tout de feu, d'où vous vient cette glace[8] ?
1375 Sur les pas d'un banni craignez-vous de marcher ?

1. **Sur l'équité des dieux** [...] **confier** : osons nous fier à la justice des dieux.
2. **Juste** : méritée.
3. **Notre querelle** : notre cause.
4. **Argos, Sparte** : autres villes de Grèce, rivales d'Athènes.
5. **Assemblant nos débris** : recueillant nos héritages.
6. **Embrasser** : saisir.
7. **Balancer** : hésiter.
8. **Cette glace** : cette froideur.

ARICIE

Hélas ! qu'un tel exil, seigneur, me serait cher !
Dans quels ravissements, à votre sort liée,
Du reste des mortels je vivrais oubliée !
Mais, n'étant point unis par un lien si doux[1],
1380 Me puis-je avec honneur dérober[2] avec vous ?
Je sais que, sans blesser l'honneur le plus sévère,
Je me puis affranchir des mains de votre père :
Ce n'est point m'arracher du sein de mes parents ;
Et la fuite est permise à qui fuit ses tyrans.
1385 Mais vous m'aimez, seigneur ; et ma gloire[3] alarmée...

HIPPOLYTE

Non, non, j'ai trop de soin de votre renommée.
Un plus noble dessein m'amène devant vous :
Fuyez vos ennemis, et suivez votre époux.
Libres dans nos malheurs, puisque le ciel l'ordonne,
1390 Le don de notre foi[4] ne dépend de personne.
L'hymen n'est point toujours entouré de flambeaux.
Aux portes de Trézène et parmi ces tombeaux,
Des princes de ma race antiques sépultures,
Est un temple sacré formidable aux parjures[5].
1395 C'est là que les mortels n'osent jurer en vain :
Le perfide y reçoit un châtiment soudain ;
Et, craignant d'y trouver la mort inévitable,
Le mensonge n'a point de frein plus redoutable.
Là, si vous m'en croyez, d'un amour éternel
1400 Nous irons confirmer le serment solennel[6] ;
Nous prendrons à témoin le dieu qu'on y révère ;
Nous le prierons tous deux de nous servir de père.
Des dieux les plus sacrés j'attesterai le nom,

---

1. **Un lien si doux** : Aricie parle du mariage.
2. **Me puis-je avec honneur dérober** : puis-je me sauver avec honneur.
3. **Ma gloire** : mon honneur.
4. **Le don de notre foi** : que nous nous engagions à la fidélité.
5. **Formidable aux parjures** : qui effraie les parjures.
6. **Le serment solennel** : celui du mariage.

Et la chaste Diane, et l'auguste Junon[1],
1405 Et tous les dieux enfin, témoins de mes tendresses,
Garantiront la foi[2] de mes saintes promesses.

ARICIE

Le roi vient : fuyez, prince, et partez promptement.
Pour cacher mon départ je demeure un moment.
Allez ; et laissez-moi quelque fidèle guide,
1410 Qui conduise vers vous ma démarche timide[3].

SCÈNE 2. THÉSÉE, ARICIE, ISMÈNE.

THÉSÉE

Dieux ! éclairez mon trouble, et daignez à mes yeux
Montrer la vérité, que je cherche en ces lieux !

ARICIE

Songe à tout, chère Ismène, et sois prête à la fuite.

SCÈNE 3. THÉSÉE, ARICIE.

THÉSÉE

Vous changez de couleur, et semblez interdite[4],
1415 Madame : que faisait Hippolyte en ce lieu ?

ARICIE

Seigneur, il me disait un éternel adieu.

---

1. **Diane, Junon** : la première sera invoquée parce qu'elle est la protectrice
d'Hippolyte, tandis que Junon le sera en tant que déesse du mariage.
2. **La foi** : la fermeté.
3. **Timide** : mal assurée (parce qu'Aricie est pudique).
4. **Interdite** : stupéfaite.

REPÈRES

• Précisez ce qu'Aricie et Hippolyte se sont dit avant le début de l'acte. Quel rapport s'établit-il ainsi entre la technique dramaturgique et le motif du secret nécessaire mis en relief par le jeune homme (v. 1349-1350) ?

• À quel type de scène le spectateur assiste-t-il ici ? Essayez de qualifier cette scène.

OBSERVATION

• Pourquoi Hippolyte tient-il au silence ? Le statut de la parole dans les actes précédents lui donne-t-il raison ? Essayez de rassembler les arguments en faveur du secret et ceux qui en montrent le danger, comme le souligne Aricie.

• Que propose Hippolyte à Aricie ? Citez le texte pour répondre en précisant les différents arguments du jeune homme. Précisez le contenu de la réponse d'Aricie. Montrez en quoi elle amène Hippolyte à préciser sa demande.

• Qu'est-ce que le personnage d'Aricie a de différent des autres ? Qu'apporte-t-il dans la pièce ? Commentez à cet égard le vers 1374 et confrontez-le à la fois à Hippolyte et à Aricie. Montrez ce qui dans le style des répliques des deux personnages permet de le justifier.

INTERPRÉTATIONS

• C'est le début du Ve acte : quelle est la tonalité de cette scène ? Quel rythme confère-t-elle à ce moment de la pièce ? Justifiez votre réponse. Cette scène est-elle crédible ? Dites tout ce qui souligne le caractère ultime de la solution proposée (menaces extérieures, ton d'Hippolyte) : quelle valeur prend notamment le futur (v. 1400-1406) ?

• Les derniers mots d'Hippolyte font référence à un dieu susceptible de leur « *servir de père* » : comment cette réflexion prend-elle sens par rapport à l'acte IV de la pièce ? De quel sentiment témoigne-t-elle chez le jeune homme ? Quel lien établit-elle entre lui et Aricie ? Quelle vous paraît être la fonction du temple aux portes de Trézène ?

THÉSÉE

Vos yeux ont su dompter ce rebelle courage[1] ;
Et ses premiers soupirs sont votre heureux ouvrage.

ARICIE

Seigneur, je ne vous puis nier la vérité :
1420 De votre injuste haine il n'a pas hérité ;
Il ne me traitait point comme une criminelle.

THÉSÉE

J'entends[2] : il vous jurait une amour[3] éternelle.
Ne vous assurez point sur ce cœur[4] inconstant ;
Car à d'autres que vous il en jurait autant.

ARICIE

1425 Lui, seigneur ?

THÉSÉE

                  Vous deviez[5] le rendre moins volage :
Comment souffriez-vous cet horrible partage ?

ARICIE

Et comment souffrez-vous que d'horribles discours
D'une si belle vie osent noircir le cours ?
Avez-vous de son cœur si peu de connaissance ?
1430 Discernez-vous si mal le crime et l'innocence ?
Faut-il qu'à vos yeux seuls un nuage odieux[6]
Dérobe sa vertu qui brille à tous les yeux !
Ah ! c'est trop le livrer à des langues perfides.
Cessez : repentez-vous de vos vœux homicides ;

---

1. **Ce rebelle courage** : ce cœur rebelle (à l'amour).
2. **J'entends** : je comprends.
3. **Une amour** : le mot est au singulier tantôt féminin, tantôt masculin dans la langue classique, toujours féminin, comme en français moderne, au pluriel.
4. **Ne vous assurez point sur ce cœur** : ne vous fiez pas à ce cœur.
5. **Vous deviez** : vous auriez dû.
6. **Odieux** : détestable. Par cette image, Aricie évoque Phèdre (voir les vers 1445-1446).

1435 Craignez, seigneur, craignez que le ciel rigoureux[1]
Ne vous haïsse assez pour exaucer vos vœux.
Souvent dans sa colère il reçoit nos victimes[2] :
Ses présents sont souvent la peine de nos crimes.

THÉSÉE

Non, vous voulez en vain couvrir[3] son attentat :
1440 Votre amour vous aveugle en faveur de l'ingrat.
Mais j'en crois des témoins certains, irréprochables :
J'ai vu, j'ai vu couler des larmes véritables.

ARICIE

Prenez garde, seigneur : vos invincibles mains
Ont de monstres sans nombre affranchi les humains ;
1445 Mais tout n'est pas détruit, et vous en laissez vivre
Un... Votre fils, seigneur, me défend de poursuivre.
Instruite du respect qu'il veut vous conserver,
Je l'affligerais trop si j'osais achever.
J'imite sa pudeur[4], et fuis votre présence
1450 Pour n'être pas forcée à[5] rompre le silence.

SCÈNE 4. THÉSÉE.

Quelle est donc sa pensée ? et que cache un discours
Commencé tant de fois, interrompu toujours ?
Veulent-ils m'éblouir[6] par une feinte vaine ?
Sont-ils d'accord tous deux pour me mettre à la gêne[7] ?

---

1. **Rigoureux** : sévère.
2. **Il reçoit nos victimes** : il accepte les victimes qu'on lui a immolées (et donc exauce nos vœux).
3. **Couvrir** : maquiller.
4. **Sa pudeur** : sa réserve.
5. **Forcée à** : contrainte de.
6. **M'éblouir** : m'aveugler, me tromper.
7. **Me mettre à la gêne** : me mettre à la torture (le mot *géhenne* signifie instrument de torture en ancien français).

1455 Mais moi-même, malgré ma sévère rigueur,
Quelle plaintive voix crie au fond de mon cœur ?
Une pitié secrète et m'afflige et m'étonne.
Une seconde fois interrogeons Œnone :
Je veux de tout le crime être mieux éclairci.
1460 Gardes, qu'Œnone sorte, et vienne seule ici.

Scène 5. Thésée, Panope.

PANOPE

J'ignore le projet que la reine médite,
Seigneur ; mais je crains tout du transport qui l'agite.
Un mortel désespoir sur son visage est peint ;
La pâleur de la mort est déjà sur son teint.
1465 Déjà, de sa présence, avec honte chassée,
Dans la profonde mer Œnone s'est lancée.
On ne sait point d'où part ce dessein furieux[1] ;
Et les flots pour jamais l'ont ravie à nos yeux.

THÉSÉE

Qu'entends-je ?

PANOPE

Son trépas n'a point calmé la reine ;
1470 Le trouble semble croître en son âme incertaine.
Quelquefois, pour flatter[2] ses secrètes douleurs,
Elle prend ses enfants et les baigne de pleurs ;
Et soudain, renonçant à l'amour maternelle,
Sa main avec horreur les repousse loin d'elle ;

---

1. **D'où part ce dessein furieux** : d'où vient cette folle décision.
2. **Flatter** : le mot est ambivalent ici. Phèdre cherche à atténuer sa douleur, mais visiblement aussi elle l'entretient.

Repères

• Étudiez l'enchaînement de ces trois scènes : précisez la situation de Thésée dans la scène 2, puis dans la scène 4. Qu'est-ce qui a changé entre-temps ?
• Précisez les relations de Thésée et Aricie telles qu'elles ont pu être définies auparavant par la jeune femme (devant Hippolyte, pour l'essentiel). Que doit penser le spectateur de cette rencontre ?

Observation

• Thésée réclame la clarté à son entrée en scène : l'obtient-il finalement au terme de cet enchaînement ? Relevez le champ lexical de l'apparence et celui de l'aveuglement. Montrez comment ils s'articulent l'un à l'autre et passent d'un personnage à l'autre.
• Comment Aricie apparaît-elle au spectateur dans la scène 3 ? Étudiez le style de ses répliques et soulignez tout ce qui marque sa détermination (les types de phrases notamment). Relevez aussi les procédés d'euphémisation de son discours.
• Relevez le rejet du vers 1446 : quel est l'effet produit ? Montrez que la « *pudeur* » d'Aricie sert la qualité poétique du texte. Pourquoi par ailleurs reprend-elle le thème du monstre ? De qui se rapproche-t-elle paradoxalement ainsi ? Voyez la scène 6 de l'acte IV. Comment la nécessité de se taire pour ne pas affliger Hippolyte rejoint-elle le cheminement progressif de Thésée vers la clarté ?
• Comparez la scène 4 avec la scène 3 de l'acte IV : par quels procédés Racine montre-t-il l'évolution de son personnage ?

Interprétations

• À lire la scène 4, qu'est-ce qui caractérise le temps dans la tragédie ? Justifiez votre réponse en citant le texte.
• Quelle peut être la « *plaintive voix* » qui crie au fond du cœur de Thésée ? Celui-ci ne nomme-t-il pas un sentiment qui peut désigner ce qu'éprouve le spectateur ? Quel vous paraît être l'effet dramatique d'une telle mise en relief ?

1475 Elle porte au hasard ses pas irrésolus ;
Son œil tout égaré ne nous reconnaît plus ;
Elle a trois fois écrit ; et, changeant de pensée,
Trois fois elle a rompu sa lettre commencée.
Daignez la voir, seigneur ; daignez la secourir.

THÉSÉE

1480 Ô ciel ! Œnone est morte, et Phèdre veut mourir !
Qu'on rappelle mon fils, qu'il vienne se défendre ;
Qu'il vienne me parler, je suis prêt de l'entendre[1].
Ne précipite point tes funestes bienfaits,
Neptune ; j'aime mieux n'être exaucé jamais.
1485 J'ai peut-être trop cru des témoins peu fidèles[2],
Et j'ai trop tôt vers toi levé mes mains cruelles.
Ah ! de quel désespoir mes vœux seraient suivis !

SCÈNE 6. THÉSÉE, THÉRAMÈNE.

THÉSÉE

Théramène, est-ce toi ? Qu'as-tu fait de mon fils ?
Je te l'ai confié dès l'âge le plus tendre.
1490 Mais d'où naissent les pleurs que je te vois répandre ?
Que fait mon fils ?

THÉRAMÈNE

Ô soins[3] tardifs et superflus !
Inutile tendresse ! Hippolyte n'est plus.

THÉSÉE

Dieux !

THÉRAMÈNE

J'ai vu des mortels périr le plus aimable,
Et j'ose dire encor, seigneur, le moins coupable.

---

1. **Je suis prêt de l'entendre** : je suis prêt à l'écouter.
2. **Peu fidèles** : peu sûrs.
3. **Soins** : soucis.

THÉSÉE

1495 Mon fils n'est plus ! Eh quoi ! quand je lui tends les bras,
Les dieux impatients ont hâté son trépas !
Quel coup me l'a ravi ? quelle foudre soudaine ?

THÉRAMÈNE

À peine nous sortions des portes de Trézène,
Il était sur son char ; ses gardes affligés
1500 Imitaient son silence, autour de lui rangés ;
Il suivait tout pensif le chemin de Mycènes[1] ;
Sa main sur les chevaux laissait flotter les rênes ;
Ses superbes coursiers, qu'on voyait autrefois
Pleins d'une ardeur si noble obéir à sa voix,
1505 L'œil morne maintenant, et la tête baissée,
Semblaient se conformer à sa triste pensée.
Un effroyable cri, sorti du fond des flots,
Des airs en ce moment a troublé le repos ;
Et, du sein de la terre, une voix formidable[2]
1510 Répond en gémissant à ce cri redoutable.
Jusqu'au fond de nos cœurs notre sang s'est glacé ;
Des coursiers attentifs le crin s'est hérissé.
Cependant, sur le dos de la plaine liquide[3],
S'élève à gros bouillons une montagne humide ;
1515 L'onde approche, se brise, et vomit à nos yeux,
Parmi des flots d'écume, un monstre furieux.
Son front large est armé de cornes menaçantes ;
Tout son corps est couvert d'écailles jaunissantes ;
Indomptable taureau, dragon impétueux,
1520 Sa croupe se recourbe en replis tortueux ;
Ses longs mugissements font trembler le rivage.

---

1. **Mycènes** : ville grecque au nord du Péloponnèse.
2. **Formidable** : terrifiante.
3. **La plaine liquide** : le poète Virgile parle des champs liquides pour la mer.

Le ciel avec horreur voit ce monstre sauvage ;
La terre s'en émeut[1], l'air en est infecté ;
Le flot qui l'apporta recule épouvanté.
1525 Tout fuit ; et, sans s'armer d'un courage inutile,
Dans le temple voisin chacun cherche un asile.
Hippolyte lui seul, digne fils d'un héros,
Arrête ses coursiers, saisit ses javelots,
Pousse au monstre[2], et d'un dard lancé d'une main sûre,
1530 Il lui fait dans le flanc une large blessure.
De rage et de douleur le monstre bondissant
Vient aux pieds des chevaux tomber en mugissant,
Se roule, et leur présente une gueule enflammée
Qui les couvre de feu, de sang et de fumée.
1535 La frayeur les emporte ; et, sourds à cette fois[3],
Ils ne connaissent plus ni le frein ni la voix ;
En efforts impuissants leur maître se consume,
Ils rougissent le mors d'une sanglante écume.
On dit qu'on a vu même, en ce désordre affreux,
1540 Un dieu qui d'aiguillons pressait leur flanc poudreux[4].
À travers les rochers la peur les précipite ;
L'essieu crie et se rompt : l'intrépide Hippolyte
Voit voler en éclats tout son char fracassé ;
Dans les rênes lui-même, il tombe embarrassé.
1545 Excusez ma douleur : cette image cruelle
Sera pour moi de pleurs une source éternelle.
J'ai vu, seigneur, j'ai vu votre malheureux fils
Traîné par les chevaux que sa main a nourris.
Il veut les rappeler, et sa voix les effraie ;
1550 Ils courent : tout son corps n'est bientôt qu'une plaie.
De nos cris douloureux la plaine retentit.
Leur fougue impétueuse enfin se ralentit :

---

1. **La terre s'en émeut** : la terre en tremble.
2. **Pousse au monstre** : va au-devant du monstre (terme de chasse).
3. **À cette fois** : pour une fois.
4. **Poudreux** : poussiéreux.

Ils s'arrêtent non loin de ces tombeaux antiques
Où des rois ses aïeux sont les froides reliques[1].
1555 J'y cours en soupirant, et sa garde me suit :
De son généreux sang[2] la trace nous conduit ;
Les rochers en sont teints ; les ronces dégouttantes
Portent de ses cheveux les dépouilles sanglantes.
J'arrive, je l'appelle ; et, me tendant la main,
1560 Il ouvre un œil mourant qu'il referme soudain :
« Le ciel, dit-il, m'arrache une innocente vie.
Prends soin après ma mort de la triste Aricie.
Cher ami, si mon père un jour désabusé
Plaint le malheur d'un fils faussement accusé,
1565 Pour apaiser mon sang et mon ombre plaintive,
Dis-lui qu'avec douceur il traite sa captive ;
Qu'il lui rende... » À ce mot, ce héros expiré[3]
N'a laissé dans mes bras qu'un corps défiguré :
Triste objet où des dieux triomphe la colère,
1570 Et que méconnaîtrait l'œil même de son père[4].

THÉSÉE
Ô mon fils ! cher espoir que je me suis ravi[5] !
Inexorables dieux, qui m'avez trop servi !
À quels mortels regrets ma vie est réservée !

THÉRAMÈNE
La timide Aricie est alors arrivée :
1575 Elle venait, seigneur, fuyant votre courroux,
À la face des dieux l'accepter pour époux ;

---

1. **Reliques :** restes.
2. **Son généreux sang :** son noble sang.
3. **Ce héros expiré :** ce héros déjà mort.
4. **Que méconnaîtrait l'œil même de son père :** que même l'œil de son père ne reconnaîtrait pas.
5. **Que je me suis ravi :** que je me suis ôté à moi-même.

Elle approche ; elle voit l'herbe rouge et fumante ;
Elle voit (quel objet[1] pour les yeux d'une amante !)
Hippolyte étendu, sans forme et sans couleur.
1580 Elle veut quelque temps douter de son malheur ;
Et, ne connaissant plus[2] ce héros qu'elle adore,
Elle voit Hippolyte, et le demande encore.
Mais, trop sûre à la fin qu'il est devant ses yeux,
Par un triste regard elle accuse les dieux ;
1585 Et froide, gémissante, et presque inanimée,
Aux pieds de son amant elle tombe pâmée.
Ismène est auprès d'elle ; Ismène, tout en pleurs,
La rappelle à la vie, ou plutôt aux douleurs.
Et moi, je suis venu, détestant la lumière[3],
1590 Vous dire d'un héros la volonté dernière,
Et m'acquitter, seigneur, du malheureux emploi
Dont son cœur expirant s'est reposé sur moi.
Mais j'aperçois venir sa mortelle ennemie.

---

1. **Quel objet** : quel spectacle.
2. **Ne connaissant plus** : ne reconnaissant plus.
3. **Détestant la lumière** : haïssant cette vie.

REPÈRES

• Rappelez le rôle de Panope dans l'acte I. Montrez la continuité établie par Racine à travers toute la pièce grâce à ce personnage. Pourquoi est-ce Théramène qui doit néanmoins rapporter la mort d'Hippolyte ?

• Précisez l'enchaînement dramatique des deux scènes, notamment du point de vue de Thésée et des signes visuels donnés par Panope sur Phèdre. En quoi ce tableau accentue-t-il la première image donnée de la reine dans la première scène de l'acte I ?

OBSERVATION

• Le récit de Théramène : proposez-en un plan en marquant les transitions et les pauses. Que cherche-t-il à produire sur ses auditeurs ? Analysez les procédés utilisés : rythmes *crescendo* et *diminuendo*, détails visuels, allitérations et assonances. Quel rôle la réaction de Thésée (v. 1571-1573) joue-t-elle dans la parole du messager ? Comment Théramène se représente-t-il dans son récit ? Précisez l'effet produit.

• Étudiez le motif du sang dans la fin du récit : quelle portée symbolique donne-t-il à la mort d'Hippolyte ? À quel autre récit fait-il référence ? Confrontez cette fin avec les vers d'Hippolyte au milieu de la pièce (v. 948-952).

INTERPRÉTATIONS

• Pourquoi cette première partie du dénouement passe-t-elle par un récit ? Quel pouvoir la tragédie confère-t-elle ainsi à la parole ? Le récit de Théramène est-il vraisemblable en tant que moment de parole ? Cherchez dans le « Petit dictionnaire pour commenter *Phèdre* » le mot « hypotypose », puis précisez de quoi le récit tient lieu. À quel genre narratif rattache-t-il ce moment de la pièce ? Pensez qu'Hippolyte est un « héros » et un chasseur.

• Le monstre a paru : pourquoi est-il intéressant sur un plan poétique et dramatique qu'Hippolyte meure à cause d'un monstre ? Comment peut-on interpréter son impossibilité à retenir ses chevaux ? Pouvez-vous établir un rapport entre le motif de la vitesse dans le récit de Théramène et la temporalité propre de la tragédie ?

SCÈNE 7. THÉSÉE, PHÈDRE, THÉRAMÈNE, PANOPE, GARDES.

THÉSÉE

Eh bien ! vous triomphez, et mon fils est sans vie !
1595 Ah ! que j'ai lieu de craindre ; et qu'un cruel soupçon
L'excusant dans mon cœur, m'alarme avec raison !
Mais, madame, il est mort, prenez votre victime ;
Jouissez de sa perte, injuste ou légitime[1] :
Je consens que mes yeux soient toujours abusés.
1600 Je le crois criminel, puisque vous l'accusez.
Son trépas à mes pleurs offre assez de matières
Sans que j'aille chercher d'odieuses lumières,
Qui, ne pouvant le rendre à ma juste douleur,
Peut-être ne feraient qu'accroître mon malheur.
1605 Laissez-moi, loin de vous, et loin de ce rivage,
De mon fils déchiré fuir la sanglante image.
Confus[2], persécuté d'un mortel souvenir,
De l'univers entier, je voudrais me bannir.
Tout semble s'élever contre mon injustice ;
1610 L'éclat de mon nom[3] même augmente mon supplice :
Moins connu des mortels, je me cacherais mieux.
Je hais jusques aux soins dont m'honorent les dieux ;
Et je m'en vais pleurer leurs faveurs meurtrières,
Sans plus les fatiguer d'inutiles prières.
1615 Quoi qu'ils fissent[4] pour moi, leur funeste bonté
Ne me saurait payer[5] de ce qu'ils m'ont ôté.

---

1. **Injuste ou légitime** : qu'elle soit injuste ou légitime.
2. **Confus** : à la fois bouleversé et égaré.
3. **L'éclat de mon nom** : ma célébrité, ma gloire.
4. **Quoi qu'ils fissent** : quoi qu'ils puissent faire.
5. **Me payer de** : contrebalancer.

PHÈDRE
Non, Thésée, il faut rompre un injuste silence ;
Il faut à votre fils rendre son innocence :
Il n'était point coupable.

THÉSÉE
Ah ! père infortuné !
1620 Et c'est sur votre foi[1] que je l'ai condamné !
Cruelle ! pensez-vous être assez excusée...

PHÈDRE
Les moments me sont chers[2] ; écoutez-moi, Thésée :
C'est moi qui sur ce fils chaste et respectueux
Osai jeter un œil profane, incestueux.
1625 Le ciel mit dans mon sein une flamme funeste :
La détestable Œnone a conduit tout le reste.
Elle a craint qu'Hippolyte, instruit de ma fureur,
Ne découvrît[3] un feu qui lui faisait horreur :
La perfide, abusant de ma faiblesse extrême,
1630 S'est hâtée à vos yeux, de l'accuser lui-même.
Elle s'en est punie, et, fuyant mon courroux,
A cherché dans les flots un supplice trop doux.
Le fer aurait déjà tranché ma destinée ;
Mais je laissais[4] gémir la vertu soupçonnée :
1635 J'ai voulu, devant vous, exposant mes remords,
Par un chemin plus lent descendre chez les morts.
J'ai pris, j'ai fait couler dans mes brûlantes veines
Un poison que Médée[5] apporta dans Athènes.
Déjà jusqu'à mon cœur le venin[6] parvenu
1640 Dans ce cœur expirant jette un froid inconnu ;

---

1. **Sur votre foi** : sur votre parole / sur la confiance que j'avais en vous.
2. **Me sont chers** : me sont comptés.
3. **Ne découvrît** : ne rendît public.
4. **Je laissais** : j'aurais laissé (si j'étais morte avant de vous avoir dit la vérité).
5. **Médée** : magicienne connue pour ses philtres.
6. **Le venin** : le poison.

Déjà je ne vois plus qu'à travers un nuage
Et le ciel et l'époux que ma présence outrage ;
Et la mort, à mes yeux dérobant la clarté,
Rend au jour qu'ils souillaient toute sa pureté.

PANOPE

1645 Elle expire, seigneur !

THÉSÉE

D'une action si noire
Que ne peut avec elle expirer la mémoire[1] !
Allons, de mon erreur, hélas ! trop éclaircis,
Mêler nos pleurs au sang de mon malheureux fils !
Allons de ce cher fils embrasser ce qui reste,
1650 Expier la fureur d'un vœu que je déteste :
Rendons-lui les honneurs qu'il a trop mérités[2] ;
Et, pour mieux apaiser ses mânes irrités,
Que, malgré les complots d'une injuste famille[3],
Son amante aujourd'hui me tienne lieu de fille !

Racine.

---

1. **Expirer la mémoire** : disparaître le souvenir.
2. **Qu'il a trop mérités** : qu'il n'a que trop mérités (par sa vertu, mais aussi par la folie de son père envers lui).
3. **Injuste famille** : il s'agit des Pallantides, dont descend Aricie (« *son amante* »).

REPÈRES

• Pourquoi est-ce Thésée qui prend la parole le premier ? En quoi sa déclaration est-elle importante avant les mots de Phèdre ? En même temps, est-il tout à fait « *éclairci* » comme il le réclamait ? Veut-il en savoir plus ? Pourquoi ? À quelle nécessité cette scène obéit-elle donc ?

• Précisez l'ordre de ce dénouement et commentez-le.

OBSERVATION

• Où se situe l'aveu de Phèdre ? Pourquoi dit-elle qu'« *il faut* » mettre fin au silence ? Qu'est-ce qui distingue cet aveu de ses deux précédents (acte I, scène 3, et acte II, scène 5) ?

• Quelle est alors la fonction de sa dernière tirade ? Précisez-en les trois étapes. Quel est le développement le plus long ? Pourquoi ? Étudiez la longueur des phrases de la reine : comment selon vous doivent-elles être dites ? Relevez les différents sujets grammaticaux : commentez leur progression jusqu'à la fin du propos de Phèdre. Concluez.

• Quel est l'effet produit par le nom de Médée ? Dans quelle filiation symbolique place-t-elle Phèdre ? En quoi la mort par le poison accomplit-elle la thématique du sang, constamment mise en relief par la reine ? Relevez les différents motifs repris une dernière fois dans cette tirade. Commentez-en le dernier mot.

• Quels sentiments Thésée montre-t-il pour son épouse ? En quoi sa réaction rappelle-t-elle les vers 1445-1446, prononcés par Aricie dans la scène 3 ? Pourquoi doit-il lui aussi « *expier* » ? Sur quel mot termine-t-il pour sa part ? Pourquoi ce mot est-il particulièrement signifiant à la fin d'une tragédie de l'inceste ?

INTERPRÉTATIONS

• Pourquoi Phèdre meurt-elle en scène, à la différence d'Hippolyte et Œnone ? En quoi cela peut-il paraître contraire aux bienséances ? En quoi cela est-il justifié par l'état dans lequel le spectateur connaît la reine depuis le début de la pièce ? Montrez que sa mort met fin au suspens qu'elle désignait dès la scène 3 de l'acte I.

Le dénouement de la tragédie

Les règles de la dramaturgie classique réclamaient, pour la tragédie, un dénouement « nécessaire » et « complet » : que le sort de chacun fût réglé, en regard de son parcours dans la pièce. Aussi Hippolyte finit-il en victime christique sur le tombeau où il avait rendez-vous avec Aricie ; aussi Phèdre, qui se hait, se donne-t-elle la mort et Thésée, qui n'a pas su voir, doit-il boire jusqu'à la lie la coupe de la révélation, tandis qu'Aricie est épargnée ?

Deux éléments marquent la violence du dénouement : la solitude pathétique dans laquelle plonge Phèdre, déjà ensevelie dans l'oubli, sans même que lui soit donné l'apaisement du deuil de son époux. Et l'écart par lequel Aricie l'orpheline devient « *fille* » du père de son amant, pourtant meurtrier de celui-ci. Comme si Racine devait recomposer un lien parental supportable, quoique improbable, sur les cadavres du fils de Thésée et de la « *fille de Minos et de Pasiphaé* ».

L'identité du monstre, l'excès du texte

La fin de la tragédie, c'est aussi la fixation du sens, là où l'action s'était nourrie du trouble des signes. Des monstres, il en reste « *un* », dit Aricie à Thésée : un qui surgit de la mer et fait dire la vérité à celle qui se déclare impure. Cela ne signifie pas que Phèdre soit le monstre, mais que la tragédie tout entière est hantée par le surgissement de l'innommable. Le monstre incarne l'obsession torturante du nom chez tous les personnages (« *c'est toi qui l'as nommé* »), l'angoisse de ne pas savoir ou de trop bien savoir qui est qui.

Le monstre – le lecteur y pense –, c'est encore le texte du récit de Théramène, véritable spectacle orchestré par la parole, produit d'une rivalité magnifique de la poésie avec la peinture, servies à la fois par les bienséances (ne pas montrer le sang sur scène) et la nécessaire *catharsis*. Il fallait bien, avant la mort ou la fin de la tragédie – avant le silence de Phèdre –, que la puissance du verbe racinien trouvât à se développer pour tenter de figurer l'irreprésentable.

Comment lire l'œuvre

La structure dramatique

Racine a construit *Phèdre* selon les règles du théâtre classique : l'action est simple et se déroule en un seul lieu, le palais de Trézène, en moins d'une journée. Le sujet est en effet la passion coupable de Phèdre pour son beau-fils, Hippolyte. Si l'on peut considérer l'amour du jeune homme pour Aricie comme une action secondaire, elle est néanmoins fortement liée à l'action principale et elle est même la source d'un ressort essentiel de la pièce : la jalousie de Phèdre qui conduit l'action à son dénouement. L'intrigue amoureuse se double d'une intrigue politique : elles sont également interdépendantes puisque la succession de Thésée n'est envisagée par les personnages qu'en fonction de leurs sentiments.

Un objet scénique a un rôle déterminant dans le déroulement de l'action : il s'agit de l'épée d'Hippolyte. La tragédie représente celui-ci abandonnant son arme à une femme, Phèdre. La résonance symbolique est forte : le héros est dévirilisé. Sur le plan dramaturgique, l'épée est l'objet qui provoque une série de retournements de situation : bien d'Hippolyte, elle devient celui de Phèdre ; c'est cette arme qui permet à Œnone d'accuser le jeune homme d'avoir impulsé et commis lui-même la faute dont il n'a été que l'objet ; alors qu'il a été autrefois armé par Thésée, Hippolyte est ici véritablement désarmé par son père ; enfin, privé de son épée, le jeune héros qui devait tuer des monstres est mis à mort par un monstre.

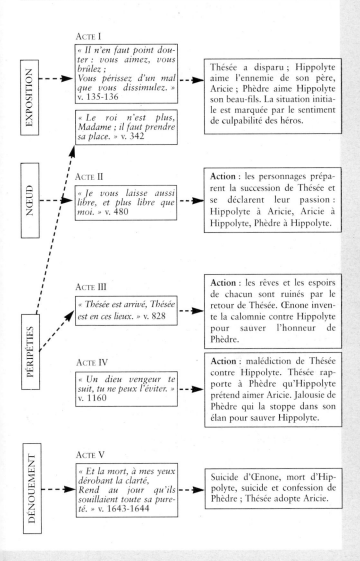

EXPOSITION

ACTE I

« Il n'en faut point douter : vous aimez, vous brûlez ;
Vous périssez d'un mal que vous dissimulez. » v. 135-136

« Le roi n'est plus, Madame ; il faut prendre sa place. » v. 342

Thésée a disparu ; Hippolyte aime l'ennemie de son père, Aricie ; Phèdre aime Hippolyte son beau-fils. La situation initiale est marquée par le sentiment de culpabilité des héros.

NŒUD

ACTE II

« Je vous laisse aussi libre, et plus libre que moi. » v. 480

Action : les personnages préparent la succession de Thésée et se déclarent leur passion : Hippolyte à Aricie, Aricie à Hippolyte, Phèdre à Hippolyte.

PÉRIPÉTIES

ACTE III

« Thésée est arrivé, Thésée est en ces lieux. » v. 828

Action : les rêves et les espoirs de chacun sont ruinés par le retour de Thésée. Œnone invente la calomnie contre Hippolyte pour sauver l'honneur de Phèdre.

ACTE IV

« Un dieu vengeur te suit, tu ne peux l'éviter. » v. 1160

Action : malédiction de Thésée contre Hippolyte. Thésée rapporte à Phèdre qu'Hippolyte prétend aimer Aricie. Jalousie de Phèdre qui la stoppe dans son élan pour sauver Hippolyte.

DÉNOUEMENT

ACTE V

« Et la mort, à mes yeux dérobant la clarté, Rend au jour qu'ils souillaient toute sa pureté. » v. 1643-1644

Suicide d'Œnone, mort d'Hippolyte, suicide et confession de Phèdre ; Thésée adopte Aricie.

Schéma actantiel

On peut représenter l'action de *Phèdre* par un ou plusieurs schémas actantiels. Ils permettent de visualiser les principales forces de l'action et leur rôle dans l'intrigue : caractères et action sont, en effet, indissociablement liés au théâtre.

Phèdre est le personnage principal de la pièce : elle a le temps de parole de loin le plus long et est présente dans 12 scènes sur 30. Il est intéressant d'en faire le sujet de l'action :

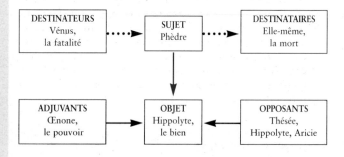

Ce schéma montre la complexité de Phèdre : elle recherche le bien et souhaite l'amour d'Hippolyte, objets irrémédiablement contraires. Son désir est donc entravé par sa propre volonté, ce qui lui donne une conscience aiguë de l'horreur de sa passion. Le personnage est caractérisé par le déchirement intérieur : Phèdre ne peut que se montrer versatile, balançant entre des attitudes contraires, ou se réfugiant dans le rêve. Elle n'agit pas véritablement mais réagit aux événements qui surviennent (l'annonce de la mort de Thésée, le retour de celui-ci, la découverte de l'amour d'Hippolyte pour Aricie). Elle est le personnage qui emploie le plus souvent les marques de la première personne (pronom personnel, adjectifs possessifs), ce qui montre que l'action est construite autour d'elle. Mais, plus l'action avance, plus cette fréquence diminue, comme si elle perdait progressivement toute maîtrise d'elle-même. Ce sont des divinités qui la dirigent, qui la possèdent : Vénus, en particulier, n'est pas seulement une représentation du désir amoureux, d'Éros, elle est un véritable actant qui, s'il n'apparaît pas incarné sur scène, est sans cesse invoqué par les personnages. Vénus ainsi que la fatalité s'acharnent à la perte de l'héroïne. Aussi Phèdre, mourante au début de la pièce, ne peut que mourir, l'action étant celle de sa mort toujours différée. Il n'y a donc pas de résolution du conflit autrement que par sa disparition et par la destruction de l'objet aimé, seul apaisement possible. Tous les personnages se construisent en opposition à la passion de Phèdre, mais chacun pour des motivations différentes. Seule Œnone est un adjuvant : elle cherche à réaliser les aspirations de sa maîtresse.

• Représentez et commentez des schémas actantiels où Hippolyte puis Aricie sont sujets de l'action. Quelle est la position de Thésée dans ces schémas ?

Les personnages

Le système des personnages de la tragédie peut être étudié selon des principes de symétrie ou des principes d'opposition. Les personnages se définissent les uns par rapport aux autres : ils acquièrent une cohérence intérieure et une complexité par les relations qu'ils entretiennent, par le rôle qu'ils remplissent ou non, et par leurs dialogues.

Dans *Phèdre*, les effets de symétrie sont multiples : on trouve deux amoureuses, l'une furieuse, Phèdre, l'autre pure, Aricie ; deux héros, l'un qui a déjà un passé d'exploits, Thésée, l'autre, jeune, qui ne s'est pas encore fait connaître, Hippolyte ; deux couples, l'un, accompli mais déjà brisé, celui de Thésée et Phèdre, l'autre, naissant et innocent, celui d'Hippolyte et Aricie ; des confidents qui nous font connaître chacun des héros auxquels ils sont attachés, Théramène, Œnone et Ismène.

Phèdre est le personnage principal de la pièce et Hippolyte a le second rôle. Mais c'est Thésée qui définit les relations entre les personnages.

Thésée : « *Si je reviens si craint et si peu désiré,*
Ô ciel ! de ma prison pourquoi m'as-tu tiré ? »

v. 955-956

Thésée

Héros rare puisqu'il n'apparaît devant les spectateurs qu'à la fin de l'acte III, et troisième personnage pour ce qui concerne le temps de parole, Thésée a néanmoins une importance capitale dans le déroulement de l'intrigue : l'annonce de sa mort et son retour inattendu sont les deux péripéties qui déterminent l'action. Il est, en effet, à l'origine de tous les interdits que les héros cherchent à transgresser et qui ressurgissent nécessairement avec plus de violence une fois qu'ils ont été enfreints. Absent, Thésée est omniprésent pour tous : Hippolyte ne cesse d'évoquer sa figure mythique à laquelle il n'a pu encore se comparer ; d'ailleurs, Théramène suggère à Hippolyte que l'origine de son amour pour Aricie est l'interdiction que Thésée a prononcée (v. 116) ; Aricie ne cesse de l'évoquer lorsqu'elle raconte l'amour qu'elle éprouve pour Hippolyte ; Phèdre, quant à elle, ne peut que mourir s'il vit… Thésée représente donc la figure du père autoritaire et tout-puissant ; lorsqu'il arrive sur scène, c'est pour l'incarner dans une fureur sans pareille : la malédiction qu'il lance contre son fils conduit la tragédie vers son dénouement. Cette représentation de Thésée a surpris bien des spectateurs de Racine, car elle est contraire à l'image positive à laquelle nous sommes habitués pour ce héros. Racine lui a donné toutes les caractéristiques de l'orgueil aveugle (l'*hybris*), cher aux dramaturges grecs. Aussi pourrait-on presque considérer cette tragédie comme une épreuve initiatique pour Thésée, contraint de reconnaître sa faute à la fin de la pièce. Cependant il en sort vainqueur puisqu'il reste en vie, garde le pouvoir et adopte Aricie : il acquiert une souveraineté nou-

velle par ce geste puisqu'il réunit les deux branches légitime-
ment héritières du trône d'Athènes.

Phèdre-Hippolyte

> Phèdre : « *Et Phèdre au Labyrinthe avec vous descendue*
> *Se serait avec vous retrouvée ou perdue.* »
>
> v. 661-662

A priori tout sépare ces deux personnages : Thésée en particulier puisqu'il est le père de l'un, l'époux de l'autre ; Aricie ensuite dont la pureté ne peut que souligner combien la
passion de la reine est immorale ; l'intrigue enfin repose sur le
fait qu'Hippolyte ne peut que repousser la passion que Phèdre
éprouve pour lui. Pourtant si deux personnages se
ressemblent, ce sont sans doute ceux-là. Par leur origine, ils
représentent tous deux les dangers de l'étranger : Hippolyte est
farouche comme sa mère, l'Amazone, et Phèdre incarne fatalement « *la fille de Minos et de Pasiphaé* ». Aussi aiment-ils précisément ce qui leur est interdit et ce qui, à leurs yeux, incarne
la pureté, Hippolyte pour Phèdre et Aricie pour le jeune
homme. La passion qu'ils cherchent à cacher (v. 136-146) les
dévore pareillement ; elle les rend autres qu'ils ne sont ; et lorsqu'ils commencent à parler, malgré eux, ils
tiennent le même langage, celui des désordres de la passion :
d'ailleurs, à la déclaration enflammée d'Hippolyte à Aricie
semble seule répondre celle de Phèdre à Hippolyte. Découvrant
un reflet de lui-même, le jeune héros ne peut pas tuer le double
monstrueux qui s'offre à lui. Aussi n'est-ce pas un hasard si la
tragédie les conduit tous deux à la mort. Ces parallélismes ren-
forcent l'intensité de l'action et font qu'aucun compromis n'est
possible : tout est ainsi conçu de façon à rendre sensible aux
spectateurs l'idée que seul Hippolyte mérite l'amour de Phèdre.

Hippolyte-Aricie

> Aricie : « *Partez, Prince, et suivez vos généreux desseins.* »
>
> v. 572

Couple idéal : ils sont jeunes, beaux et purs ; aimables, ils
s'aiment, et cela malgré ou à cause de l'opposition de Thésée

à leur amour. L'intrigue est marquée par la progression de leur relation et va s'achever sur leurs noces… de sang. Aussi, ces héros, victimes innocentes de l'aveuglement méchant de Thésée et de la jalousie de Phèdre, suscitent-ils la pitié des spectateurs : leur fonction est de servir de repoussoir à la passion anormale et amorale de Phèdre. Toutefois on peut observer quelques décalages entre les héros. Si Hippolyte est possédé par la passion, Aricie, elle, semble maîtriser ses sentiments : elle les exprime dans une langue précieuse, qui emprunte quelques traits à celle des héroïnes de Corneille ; elle sait adroitement susciter les aveux du jeune homme ; elle est sensible aux charmes du pouvoir que le héros est prêt à lui abandonner ; enfin, alors qu'il la presse de le suivre dans sa fuite, elle lui oppose des arguments de bienséance. Remarquons qu'il n'est pas anodin que Racine ait fait d'Aricie la cousine opprimée d'Hippolyte : si l'enjeu est amoureux pour Hippolyte, il est aussi politique pour Aricie.

Phèdre-Œnone

Phèdre : « *Vivons, si vers la vie on peut me ramener.* »

v. 364

Il n'est pas usuel qu'un serviteur ait un rôle de premier ordre dans une tragédie classique. C'est pourtant le cas de la nourrice de Phèdre qui n'est pas simplement une confidente : elle participe véritablement à l'action. C'est Œnone qui nous fait connaître Phèdre dans ses contradictions, en incarnant le principe de réalité et l'instinct de survie que l'héroïne rejette. Œnone seule peut formuler ce que Phèdre se refuse à dire. Elle dirige sa maîtresse, l'incitant à croire possible son amour pour Hippolyte si Thésée est mort. Lorsque Thésée apparaît, c'est elle qui invente l'accusation fausse contre le jeune homme pour sauver sa maîtresse. On a pu estimer qu'Œnone, parce qu'elle est subalterne, est le double maléfique de Phèdre : elle cherche plutôt à concilier et à réaliser les aspirations contraires de la reine. Lorsqu'il n'y a plus d'issue possible au conflit, elle se suicide en se jetant dans les flots – mort d'un genre inédit chez Racine. Sa disparition annonce celle de l'héroïne : mais alors qu'elle indique qu'il faut se taire dans la mort, elle libère la parole de Phèdre et laisse parler la vérité, aussi coupable et honteuse soit-elle.

Hippolyte-Théramène

Thésée : « *Théramène, est-ce toi ? Qu'as-tu fait de mon fils ?* »
v. 1488

Théramène est à Hippolyte ce qu'Œnone est à Phèdre. Mais, contrairement à la nourrice, Théramène ne semble pas agir directement : ce n'est qu'à la fin de la tragédie, lorsque Hippolyte est mort, qu'il se substitue à lui, par le récit des derniers instants du jeune homme. Pourtant le gouverneur, qui aurait dû le protéger et l'aider à devenir homme, contribue au destin tragique d'Hippolyte : il encourage le héros à suivre sa passion naissante et prépare sa fuite avec Aricie. Or Hippolyte, qui n'a pas accompli les exploits glorieux de son père, n'a pas droit à la faute – et l'amour en est une. Aussi, au lieu de se faire connaître par quelque haut fait, ne peut-il être que désarmé par le monstre qu'est Phèdre, puis défiguré et déchiqueté par un autre monstre, suscité par Thésée. Paradoxe propre à cette tragédie, Théramène fait réaliser les dernières volontés d'Hippolyte : alors que le jeune homme aurait dû être héritier du trône, c'est lui qui lègue Aricie à son père.

• Faites un tableau où vous indiquerez le temps de parole de chaque personnage par scène et par acte. Commentez-le : quels sont les personnages qui parlent le plus ? Lesquels sont le plus souvent présents sur scène ? Dans quels actes apparaissent-ils ? Quels sont les personnages qui se rencontrent ? Lesquels ne se rencontrent jamais ?

L'aveu

« Quand tu sauras mon crime et le sort qui m'accable,
Je n'en mourrai pas moins, j'en mourrai plus coupable. » (v. 241-242)

La situation où un personnage avoue à un autre ce qu'il lui cache est visiblement apparue à Racine comme proprement dramatique et capable de susciter l'émotion des spectateurs. Dans ce type de scène, comme l'a analysé Roland Barthes dans *Sur Racine*, la parole est action. Or la tragédie se noue par le langage et Racine a fait de l'aveu un véritable ressort dans ses tragédies. C'est le cas de *Phèdre* où cette situation avec ses variantes, la déclaration, la confidence et la confession, structure à ce point le texte que l'on peut parler d'une « tragédie de l'aveu ».

Une scène obsédante

Les deux grandes scènes d'aveux de Phèdre sont celles où l'héroïne avoue l'amour qu'elle éprouve pour Hippolyte d'une part à sa nourrice, Œnone (acte I, scène 3) et d'autre part au jeune homme lui-même (acte II, scène 5). Racine a trouvé ces situations dans les textes de ses prédécesseurs antiques : Euripide a mis en scène l'aveu de Phèdre à Œnone, Sénèque celui de l'héroïne à Hippolyte. Il en a repris des passages, allant presque jusqu'à traduire certains vers : c'est par exemple le cas du passage où la nourrice arrache à Phèdre son secret ainsi que celui où l'héroïne déclare son amour indirectement à Hippolyte en le comparant à Thésée. Ce qui est particulièrement remarquable, c'est que Racine a rassemblé ces deux scènes dans sa tragédie. Il a créé ainsi un rapport de gradation dramatique entre elles et a fait de l'aveu un motif majeur de *Phèdre*.
Un élément montre ce qui a intéressé Racine dans ce type de

situation : lorsque Œnone supplie Phèdre de lui confier ce qu'elle lui tait, Phèdre se refuse à dire elle-même ce qu'elle devrait cacher à tous et qu'elle ne devrait pas même concevoir intérieurement. C'est la nourrice qui devine et dit pour l'héroïne qu'elle aime et que l'objet de son amour est Hippolyte. Racine adapte librement Euripide. Mais alors que le dramaturge grec met dans la bouche de Phèdre la phrase « Tu l'as entendu de toi-même ! », Racine, lui, fait dire « *C'est toi qui l'as nommé !* » : ce qui importe dans l'aveu, c'est que soit prononcé ce qui est innommable.

De l'aveu à la déclaration

Racine a construit le début de sa tragédie avec des scènes qui font écho à ces deux confessions de Phèdre. En effet, la création du personnage d'Aricie, dont Hippolyte est amoureux, permet à l'auteur de composer des situations symétriques. Le premier acte de la pièce est celui des aveux indirects que les héros font de l'amour qu'ils éprouvent à leurs confidents respectifs : c'est le cas de celui d'Hippolyte à Théramène (acte I, scène 1) et de celui de Phèdre à Œnone (acte II, scène 3). Dans ces deux scènes, les héros refusent de dire quelle est la cause de leur mal, et ce sont les confidents qui parlent pour eux. De même qu'Œnone nomme celui que Phèdre aime, c'est Théramène qui formule ce qu'Hippolyte ne peut accepter : qu'il aime. Ces deux scènes annoncent la dimension tragique de la pièce : l'amour s'y révèle d'emblée coupable et honteux. Leur parallélisme rend enfin évident qu'il ne peut pas y avoir d'issue heureuse puisque nous découvrons une chaîne d'amours non réciproques : Phèdre qui est l'épouse de Thésée aime Hippolyte qui aime Aricie. L'exposition semble ne s'achever qu'au début du second acte avec une troisième scène d'aveu à un confident, celui d'Aricie à Ismène de l'amour qu'elle éprouve pour Hippolyte (acte II, scène 1). Mais la tonalité est très diffé-rente : il s'agit de confidences plus que d'un aveu et il semble bien qu'Aricie ne fasse que répéter à Ismène ce qu'elle lui a déjà dit. Bien loin d'éprouver de la culpabilité, la jeune fille semble fière de ses sentiments et de son choix : c'est une atmosphère galante et non tragique.

Le deuxième acte est celui des aveux que les héros se font de leur passion : celui d'Hippolyte à Aricie (acte II, scène 2), celui d'Aricie à Hippolyte (acte II, scène 3) et celui de Phèdre à Hippolyte (acte II, scène 5). Là encore, la déclaration qu'Hippolyte fait ressemble par son emportement à celle que lui adresse Phèdre. Ces deux personnages, rencontrant pour des raisons politiques celle et celui qu'ils aiment, sont entraînés, malgré eux, à formuler très clairement ce que la bienséance voudrait qu'ils ne fissent qu'entendre. Par contraste, l'aveu qu'Aricie prononce est bien timide : elle déclare son amour par une litote et n'oublie pas la question politique. L'enchaînement de ces trois scènes a une dimension tragique : lorsque Phèdre rencontre Hippolyte, le spectateur sait que la violence de sa déclaration qui tranche avec la pudeur de celle d'Aricie va révulser nécessairement le héros. Ces aveux changent donc de façon irréversible la situation des héros : Hippolyte va devoir réaliser ce qu'il a promis à Aricie ; pour Phèdre s'ajoute à la passion et à la honte la déception d'avoir été repoussée.

De l'aveu à la confession

Le retour de Thésée bouleverse l'action amorcée à l'acte II, mais il ne l'annule pas : une faute a été commise et le silence est désormais impossible quoi que souhaite Hippolyte. Comment avouer le crime est le moteur de l'action à partir de la moitié de la tragédie. Œnone invente l'aveu mensonger : la première, elle retourne contre Hippolyte la déclaration même que lui a faite Phèdre. Dès lors les aveux s'enchaînent à nouveau. Hippolyte, Phèdre puis Aricie essaient de dévoiler à Thésée la vérité. Mais ce sont à chaque fois des aveux interrompus. La présence de Thésée fausse toute parole vraie sans doute parce que c'est lui qui est à l'origine des interdits que les héros ont enfreints. Aussi Thésée croit-il la parole mensongère d'Œnone (acte IV, scène1). Mais il ne croit pas à l'aveu qu'Hippolyte lui fait de l'amour qu'il éprouve pour Aricie : la faute est si grave que le jeune homme est en effet incapable d'avouer que Phèdre peut l'aimer (acte IV, scène 2). Lorsque l'héroïne s'élance pour blanchir Hippolyte, Thésée l'interrompt, répétant ce qu'il prend pour un prétexte et que Phèdre reconnaît comme un aveu véritable (acte IV, scène 4). Aricie enfin, à son tour, confirme les paroles d'Hippolyte, mais elle s'interrompt dans sa dénonciation (acte V, scène 3). La parole ne suffit pas pour faire un aveu, il faut aussi un interlocuteur capable d'entendre, ce que Thésée ne saurait être dans son orgueil et son aveuglement.

La vérité parvient à se faire entendre quand il est trop tard. La confession de Phèdre a une forte résonance chrétienne : il y a dans ses paroles toute la contrition d'un pécheur. Peut-être est-ce aussi la raison pour laquelle Thésée la reconnaît comme véritable. Désormais, parce que tout est déjà joué, Phèdre peut contrôler sa parole, oublier sa honte parce que sa faute est déjà réalisée et punie. Le pathétique vient aussi de ce que le geste de Phèdre lui rend une dignité certaine même s'il ne l'absout pas. Ainsi, bien que coupable, l'héroïne est digne de pitié. Racine réussit là ce qu'une anecdote raconte qu'il prétendait possible : « qu'un bon poète pouvait faire excuser les plus grands crimes et même inspirer de la compassion pour des criminels. [...] Qu'il ne fallait que de la fécondité, de la délicatesse, de la justesse d'esprit pour diminuer tellement l'horreur des crimes de Médée ou de Phèdre qu'on les rendrait aimables aux spectateurs au point de leur inspirer de la pitié pour leurs malheurs. »

Correspondances

L'œuvre théâtrale de Racine est traversée par des scènes d'aveu ou de déclaration amoureuse. Les personnages cherchent à séduire celui ou celle à qui ils s'adressent, mais souvent l'aveu est un instant de complaisance pour eux-mêmes, voire un moment où leur cruauté s'exerce contre l'être qu'ils aiment ou contre celui qui ne les aime pas :

• Dans *Andromaque*, acte II, scène 2, Hermione essaie de répondre à la demande d'amour que vient de lui faire Oreste. Mais elle ne peut qu'avouer, malgré elle, son amour pour Pyrrhus.

• Dans *Britannicus*, acte II, scène 2, c'est Néron lui-même qui surprend Narcisse, « son âme damnée », en avouant qu'il est tombé amoureux de la jeune Junie.

• Dans *Bérénice*, acte I, scène 4, alors qu'il fait ses adieux à Bérénice, Antiochus ne peut s'empêcher de lui avouer l'amour qu'il éprouve pour elle, bien qu'il sache qu'elle aime Titus.

• Dans *Mithridate*, acte I, scène 2, le jeune Xipharès avoue à Monime, la fiancée de son père, la passion qu'il éprouve pour elle.

Du coup de foudre à la mélancolie amoureuse

« *Je le vis, je rougis, je pâlis à sa vue.* » (v. 273)

Dans une tragédie où l'objet est de raconter des amours malheureuses ou fatales, la première rencontre entre deux héros a rarement lieu sur scène. Le dramaturge – et Racine s'y est employé à plusieurs reprises – obtient plus d'effets à la faire évoquer dans un récit par le héros amoureux : la rencontre est alors une scène initiale obsédante qui contient en elle tous les signes des désordres amoureux. Ainsi, selon Jean Starobinski, « l'acte de voir, pour Racine, reste toujours hanté par le tragique » (*L'Œil vivant*, Gallimard, 1961).

À la recherche du regard de l'autre

Le récit où Phèdre avoue à Œnone comment elle a lutté contre sa passion pour Hippolyte commence par le souvenir du premier regard qu'elle a porté sur le jeune homme (acte I, scène 3, v. 269-316). L'amour naît de la vue, comme empoisonnée par les yeux de l'autre. Le tragique vient de la non-réciprocité du regard. Jamais Hippolyte ne voit Phèdre qui le regarde : il n'est que le complément d'objet des verbes qu'elle emploie (« *Je le vis* », « *le voyant sans cesse* »...) ; Racine le souligne à nouveau lors de la déclaration de Phèdre à Hippolyte (acte II, scène 5, v. 670-711) où l'héroïne est confrontée à la même situation, plus violemment cette fois puisque Hippolyte détourne les yeux (« *Il suffit de tes yeux pour t'en persuader, / Si tes yeux un moment pouvaient me regarder* »). C'est que l'amoureux souhaite posséder l'autre par le regard qu'il pose sur lui ou elle. Mais l'autre se dérobe sans cesse à la connaissance et au partage. Dès lors l'amoureux est toujours en quête de ce qui serait une reconnaissance de son amour : son regard, bien loin de s'élancer, ne peut que sombrer dans les profondeurs insondables de l'altérité. Même Hippolyte n'y échappe pas, comme le remarque Théramène : « *Chargés d'un feu secret, vos yeux s'appesantissent* » (v. 134). Aussi cette thématique du regard amoureux est-elle accompagnée du motif antithétique de la clarté et de l'obscurité. Comme par relation de cause à effet, il est remarquable que dans *Phèdre* Racine emploie le verbe « aimer » à plusieurs reprises sans complément d'objet (v. 65, 135, 259, 261, 262, 673, 1122, 1219) : l'amour s'éprouve dans la solitude, dans la honte, ce qui conduit les héros à la fois à rechercher et à fuir ce qu'ils aiment.

Amour et mélancolie

Par le regard amoureux, un déséquilibre se crée. Le corps est affecté, passe sans transition d'un état à un autre sans que la raison puisse exercer son contrôle habituel. Cela apparaît de façon récurrente dans la manière dont Phèdre décrit ses sentiments, que ce soit à Œnone : « *Je le vis, je rougis, je pâlis à sa vue ; / Mes yeux ne voyaient plus, je ne pouvais parler, / Je sentis tout mon corps et transir et brûler.* » (acte I, scène 3) ou à Hippolyte : « *Oui, Prince, je languis, je brûle pour Thésée* » et « *J'ai langui, j'ai séché, dans les feux, dans les larmes* » (acte II, scène 5). Dans cette physiologie de l'amour que Racine décrit minutieusement, le désir se concentre et épuise tant l'âme que le corps. De fait, une tradition médico-philosophique antique et médiévale a considéré l'amour comme une maladie. Tomber amoureux, c'est tomber malade car il y a alors une rupture de l'équilibre humoral (selon la cosmologie ancienne, les quatre humeurs fondamentales, la bile, la bile noire, le flegme et le sang, doivent se compenser pour que l'être soit en bonne santé). La bile noire se développe alors et la mélancolie s'installe : irritation, colère, fureur et rage se succèdent. L'affliction de Phèdre peut ainsi apparaître comme mélancolique : Œnone à qui elle échappe ne cesse de souligner son instabilité, ses insomnies, son refus de toute nourriture, son abandon et son incapacité de prendre une décision et de s'y tenir. Pour Phèdre, aimer, c'est désespérer, avoir du dégoût pour elle-même et pour la vie.

La mélancolie se caractérise, en outre, par la production d'images, par une activité fantasmatique et délirante : le regard y est associé puisqu'il peut être considéré comme l'instrument le plus actif de l'imagination. Ainsi Phèdre rêve de suivre Hippolyte : « *Dieux ! Que ne suis-je assise à l'ombre des forêts !...* » (acte I, scène 3, v. 176-178) ; incapable de maîtriser son esprit, elle s'imagine Ariane devançant un Thésée-Hippolyte dans les méandres du Labyrinthe (acte II, scène 5, v. 634-662) ; emportée par la jalousie, elle se figure Hippolyte et Aricie heureux (acte IV, scène 6, v. 1237-1240). L'imagination s'empare de l'être et cette possession n'est pas sans rappeler celle que subit l'artiste lorsqu'il crée : comme le poète, l'amoureux est en proie à la fureur. Mais si, pour l'écrivain, il y a création, pour le personnage tragique, la dépossession de soi ne conduit fatalement qu'à la destruction et à la mort.

Correspondances

Jean Rousset a analysé la façon dont les œuvres romanesques traitent le motif de la première rencontre dans son essai *Leurs yeux se rencontrèrent* (José Corti, 1981). Nous

présentons ici trois textes qu'il est intéressant de mettre en relation avec la description du coup de foudre dans *Phèdre*.
• Héliodore, *Les Éthiopiques*.
• Madame de La Fayette, *La Princesse de Clèves*.
• Louis Aragon, *Aurélien*.

—1——————————

Selon son fils, Racine adolescent aimait tellement le roman d'Héliodore (IIIᵉ ou IVᵉ siècle ap. J.-C.) que, son maître Lancelot le lui ayant ôté pour le jeter au feu (il jugeait cette œuvre corruptrice), il parvint à s'en procurer un autre exemplaire qui finit lui aussi dans les flammes. Il en trouva un troisième et, l'ayant appris par cœur (le roman est pourtant bien long !), il alla l'apporter à Lancelot et lui aurait dit : « Vous pouvez brûler encore celui-ci comme les autres. » Ce passage où les héros du roman se rencontrent témoigne que Racine n'avait pas oublié les détails de cette œuvre lorsqu'il composa Phèdre.

« Il fit la libation, et Théagène alla chercher le feu. Alors, mon cher Cnémon, nous vîmes avec évidence dans les faits que l'âme est chose divine et qu'elle a ses parentés, dès là-haut ! Dès qu'ils s'aperçurent, les deux jeunes gens s'aimèrent, comme si leur âme, à leur première rencontre, avait reconnu son semblable et s'était élancée chacune vers ce qui méritait de lui apppartenir. D'abord, brusquement, ils demeurèrent immobiles, frappés de stupeur, puis, lentement, elle lui tendit le flambeau et lentement, il le saisit, et leurs yeux se fixèrent longuement de l'un sur l'autre, comme s'ils cherchaient dans leur mémoire s'ils se connaissaient déjà ou s'ils s'étaient déjà vus ; puis, ils sourirent, imperceptiblement et à la dérobée, et seule le révéla une douceur dont fut soudain empreint leur regard. Et, tout de suite, ils eurent comme honte de ce qui venait de se passer et ils rougirent ; mais bientôt, tandis que la passion, apparemment, pénétrait à longs flots dans leur cœur, ils pâlirent, bref, en quelques instants, leur visage à tous deux présenta mille aspects différents, et ces changements de couleur et d'expression trahissaient l'agitation de leur âme. Tout cela, naturellement, passa inaperçu à la foule, chacun étant pris par une occupation ou une

pensée différentes, et inaperçu également à Chariclès qui pronon-
çait la prière et l'invocation rituelles ; mais moi, je ne faisais rien
d'autre que d'observer les jeunes gens depuis le moment où l'oracle
avait prophétisé sur Théagène en train d'offrir un sacrifice dans le
temple, car l'allusion à leurs noms m'avait laissé deviner ce qui
arriverait. Mais je ne comprenais pas très clairement la suite de la
prédiction. »

Héliodore, Les Éthiopiques, trad. du grec par P. Grimal,
Gallimard, coll. « La Pléiade », p. 591-592.

2

La Princesse de Clèves, roman paru un an après *Phèdre*,
s'ouvre sur le récit de deux coups de foudre : celui
tout d'abord que le prince de Clèves ressent à la vue de
mademoiselle de Chartres à la suite duquel il obtient de
l'épouser ; à peine quelques pages plus loin vient le récit du
coup de foudre qu'éprouvent la jeune princesse de Clèves et
le duc de Nemours lorsqu'ils se rencontrent à un bal. Le
texte qui suit rappelle le récit de *Phèdre* (acte I, scène 3) par
l'absence de réciprocité qu'il manifeste dans la description
du trouble amoureux.

« Le lendemain qu'elle fut arrivée, elle alla pour assortir des pierreries
chez un Italien qui en trafiquait par tout le monde. Cet homme était
venu de Florence avec la reine, et s'était tellement enrichi dans son
trafic que sa maison paraissait plutôt d'un grand seigneur que celle
d'un marchand. Comme elle y était, le prince de Clèves y arriva. Il
fut tellement surpris de sa beauté qu'il ne put cacher sa surprise ; et
Mlle de Chartres ne put s'empêcher de rougir en voyant l'étonnement
qu'elle lui avait donné. Elle se remit néanmoins, sans témoigner
d'autre attention aux actions de ce prince que celle que la civilité lui
devait donner pour un homme tel qu'il paraissait. M. de Clèves la
regardait avec admiration, et il ne pouvait comprendre qui était
cette belle personne qu'il ne connaissait point. Il voyait bien par son
air, et par tout ce qui était à sa suite, qu'elle devait être d'une grande qualité. Sa jeunesse lui faisait croire que c'était une fille, mais, ne
lui voyant point de mère, et l'Italien qui ne la connaissait point

l'appelant madame, il ne savait que penser, et il la regardait toujours avec étonnement. Il s'aperçut que ses regards l'embarrassaient, contre l'ordinaire des jeunes personnes qui voient toujours avec plaisir l'effet de leur beauté ; il lui parut même qu'il était la cause qu'elle avait de l'impatience de s'en aller, et en effet elle sortit assez promptement. M. de Clèves se consola de la perdre de vue dans l'espérance de savoir qui elle était ; mais il fut bien surpris quand il sut qu'on ne la connaissait point. Il demeura si touché de sa beauté et de l'air modeste qu'il avait remarqué dans ses actions qu'on peut dire qu'il conçut pour elle dès ce moment une passion et une estime extraordinaires. »

Madame de La Fayette, *La Princesse de Clèves*, 1678,
éd. Garnier, p. 248-249.

—3—

Dans *Aurélien* (1944), roman où le prénom de l'héroïne est une allusion à une tragédie de Racine, Aragon a joué avec le motif de la première rencontre. L'incipit raconte un anticoup de foudre.

« La première fois qu'Aurélien vit Bérénice, il la trouva franchement laide. Elle lui déplut, enfin. Il n'aima pas comment elle était habillée. Une étoffe qu'il n'aurait pas choisie. Il avait des idées sur les étoffes. Une étoffe qu'il avait vue sur plusieurs femmes. Cela lui fit mal augurer de celle-ci qui portait un nom de princesse d'Orient sans avoir l'air de se considérer dans l'obligation d'avoir du goût. Ses cheveux étaient ternes ce jour-là, mal tenus. Les cheveux coupés, ça demande des soins constants. Aurélien n'aurait pas pu dire si elle était blonde ou brune. Il l'avait mal regardée. Il lui en demeurait une impression vague, générale, d'ennui et d'irritation. Il se demanda même pourquoi. C'était disproportionné. Plutôt petite, pâle, je crois… Qu'elle se fût apppelée Jeanne ou Marie, il n'y aurait pas repensé, après coup. Mais Bérénice. Drôle de superstition. Voilà bien ce qui l'irritait.

Il y avait un vers de Racine que ça lui remettait dans la tête, un vers qui l'avait hanté pendant la guerre, dans les tranchées, et plus tard démobilisé. Un vers qu'il ne trouvait même pas un beau vers, ou enfin dont la beauté lui semblait douteuse, inexplicable, mais qui l'avait obsédé, qui l'obsédait encore :

Je demeurai longtemps errant dans Césarée... »

Louis Aragon, *Aurélien*, Gallimard, 1944, éd. Folio, p. 27.

L'inceste

« La veuve de Thésée ose aimer Hippolyte. » (v. 702)

Bien qu'Hippolyte ne soit pas le fils de Phèdre mais celui de son époux, la passion qu'elle éprouve pour lui est incestueuse. L'inceste est, en effet, l'union de personnes ayant des liens de sang ou de parenté par alliance : c'est ce dernier cas qui nous concerne dans *Phèdre*. Or, au XVIIe siècle, non seulement les lois de l'Église considéraient ces liens comme un empêchement au mariage, mais toute situation incestueuse était punie par la peine de mort. Certes, le cas d'une belle-mère souhaitant épouser le fils de son époux décédé pouvait être examiné par des juristes, et elle pouvait se voir exceptionnellement octroyer une dispense pour un mariage. Si l'on peut considérer qu'il y a alors une atténuation de l'inceste, ce déplacement ne doit pas tromper. C'est que les incestes par alliance relèvent d'un tabou culturel extrêmement fort (les arguments biologiques n'entrent pas ici en ligne de compte) : le fait que deux membres d'une lignée partagent le même partenaire est tout autant scandaleux qu'un inceste par le sang car il y a contact entre eux à travers cette tierce personne.

Une situation tragique par excellence

Racine n'a pas cherché à masquer ce que la passion de son héroïne a d'incestueux. Phèdre est mariée et a déjà des enfants de Thésée ; de fait, le mot « *inceste* » revient à trois reprises et celui d'« *incestueux* » deux fois. En cela, il s'est distingué de la plupart des dramaturges français qui ont traité le mythe de Phèdre en l'édulcorant et en l'adaptant aux bienséances du XVIIe siècle. Pour Gilbert, Bidar et Pradon, Phèdre

n'est plus que la fiancée de Thésée, ce qui contribue fortement à atténuer l'aspect incestueux de son amour pour
Hippolyte (même si le droit canon considère déjà ce type de
situation comme incestueuse). Subligny qui a composé en
1678 une *Dissertation sur les tragédies de Phèdre et
Hippolyte* s'est élevé contre l'horreur du crime peint dans
l'œuvre de Racine. Pour lui, rien ne saurait l'excuser.

Mais Subligny lui-même était aussi obligé de remarquer que
Racine était le seul à traiter un sujet propre au genre tragique : l'histoire amoureuse acquiert une dimension fatale
puisqu'elle est interdite par les lois humaines et divines.
Qu'Hippolyte repousse avec horreur Phèdre en est une
manifestation éclatante et une sanction immédiate : un tel
amour est impossible. De plus, comme l'a remarqué Aristote
dans la *Poétique*, il faut que les personnages soient unis par
des liens de sang ou de parenté pour que leurs passions
apparaissent au sommet de leur violence : que Thésée en
vienne à maudire son propre fils lorsqu'il le soupçonne d'inceste est bien plus cruel que s'il maudissait n'importe quel
homme coupable d'adultère avec sa femme.

Certes Racine ne s'est pas affronté au mythe de l'inceste par
excellence, celui d'Œdipe : cette légende où un fils a épousé
sa mère (sans le savoir) lui a peut-être paru trop scabreuse.
Mais il semble avoir été fasciné par la puissance dramatique
de ce type de situations, si bien que Giraudoux a pu écrire :
« Tout le théâtre de Racine est un théâtre d'inceste » : dans
Mithridate déjà, Xipharès aime (et est aimé de) la fiancée de
son père ; dans *Britannicus*, l'amour d'Agrippine pour
Néron est ambigu et Néron s'acharne à vouloir conquérir
l'amante de son frère adoptif. Avec *Phèdre*, Racine va plus
loin dans la concentration des crimes : à l'inceste s'ajoutent
l'infanticide et le suicide.

Amours empoisonnées et familles maudites

Il n'est pas anodin que Phèdre rappelle l'amour de sa sœur
Ariane et de Thésée dans la déclaration d'amour qu'elle fait
à Hippolyte : d'une certaine manière, Thésée aussi a mêlé le

sang des filles de Minos et de Pasiphaé. Il y a donc une série de brouillages qui s'opèrent dans les liens familiaux : les rôles ne sont plus clairement définis. Phèdre, elle, rend rivales deux générations différentes, ce qui crée une sorte de monde renversé. Aussi, Œnone a tort quand elle estime qu'avec la mort de Thésée la passion de Phèdre « *devient une flamme ordinaire* » : c'est un point de vue pragmatique qui fait peu de cas des enjeux symboliques. Car pour Hippolyte, épouser Phèdre serait de l'ordre du parricide. D'ailleurs, le jeune homme, atteint par la parole de Phèdre, devient lui aussi coupable et la faute se retourne contre lui. La violence du châtiment, l'infanticide indirect, auquel recourt Thésée revenu des Enfers, montre bien la force du danger à ses yeux : il ne remet pas même en cause l'accusation portée par Œnone. Ainsi, la faute gagne tous les membres de la famille. Cet amour est définitivement maudit.

C'est sans doute la raison pour laquelle Racine a choisi que Phèdre s'empoisonne (dans la tragédie d'Euripide, elle se pend, et dans celle de Sénèque, elle se poignarde). D'un point de vue dramaturgique, le poison lui permet de parler lors de ses derniers instants et de mourir sur scène sans contrevenir aux règles de la bienséance. Mais le poison qu'elle « *fait couler dans ses brûlantes veines* » retourne symboliquement contre elle-même ce par quoi elle a voulu souiller le sang de Thésée. Par ce thème du sang, l'idée de l'inceste est liée étroitement à celle de l'hérédité. En effet, Phèdre n'a pas choisi d'aimer Hippolyte : Vénus qui s'acharne contre sa famille l'a condamnée à cette passion fatale qui perturbe précisément l'ordre familial. Victime, Phèdre subit cette passion, mais elle devient responsable et fautive dès lors qu'elle croit à la possibilité de cet amour : « Phèdre n'est ni tout à fait coupable ni tout à fait innocente. »

L'adoption, solution d'apaisement ?

À la fin de la tragédie, Thésée émet le souhait qu'Aricie lui « *tienne lieu de fille* ». Ce vœu est nécessaire pour que le dénouement soit complet (il faut que le spectateur apprenne ce que devient chaque personnage au baisser du rideau). Il permet aussi de montrer que Thésée est prêt à se repentir de son emportement puisqu'il réalise la dernière volonté de son fils et reconnaît par là même la validité du mariage envisagé par Hippolyte. Il apparaît comme un effet réparateur des crimes commis : il peut être une possibilité de rédemption par la restauration de liens de parenté définis entre un père et une fille.

D'un point de vue politique, ce dénouement fait disparaître les éléments extérieurs, Phèdre et Hippolyte (il est le fils d'une Amazone), pour rétablir fermement sur le trône d'Athènes la seule lignée héritière en réconciliant les branches autrefois ennemies. Mais que cette tragédie dont le sujet est l'amour d'une femme pour son beau-fils s'achève par l'adoption d'une fille par son beau-père est bien ambigu !

Correspondances

Le motif de l'inceste par le sang avec le mythe d'Œdipe obsède la littérature et les arts. Son importance est telle qu'il est au centre de la théorie psychanalytique que Freud a élaborée au XXe siècle. Mais la passion de Phèdre pour son beau-fils trouve aussi de nombreuses correspondances dans la littérature mondiale, ce qui en fait un véritable mythe. Les textes suivants ont tous pour objet l'amour d'une belle-mère pour le fils de son époux. Un thème s'ajoute à celui de l'inceste : la frénésie amoureuse des femmes, objet d'inquiétude pour les hommes. Que l'on ne s'y trompe pas : il existe aussi le mythe de Lolita, nymphette qui suscite l'amour de son beau-père !

• Héliodore, *Les Éthiopiques*.
• *Les Mille et Une Nuits*, t. III.
• Émile Zola, *La Curée*.

-1————————————————————

Dans les premières pages de son roman, Héliodore reprend le mythe de Phèdre en le situant de façon parodique dans une banale famille athénienne. Cnémon raconte à Théagène et Chariclée comment la nouvelle épouse de son père l'a poursuivi de ses assiduités avant de l'accuser d'avoir tenté de la séduire et d'obtenir que son père le chasse :

« Au début, elle affectait de me regarder comme son fils et, de la sorte, s'efforçait de complaire à mon père, Aristippe, et souvent, elle m'embrassait lorsqu'elle me rencontrait et implorait fréquemment le plaisir de m'avoir auprès d'elle ; moi, je voulais bien, ne soupçonnant rien de la vérité et admirant à quel point elle se montrait une mère pour moi. Mais lorsqu'elle s'approcha de moi avec plus d'imprudence, que ses baisers furent plus ardents qu'il n'eût convenu, son regard, dépourvu de toute pudeur, éveilla mes soupçons, et, dès lors, le plus souvent, je l'évitais et m'enfuyais lorsqu'elle tentait de m'approcher. À quoi bon vous ennuyer en racontant tout au long la suite ? Les tentatives qu'elle fit, les promesses qu'elle me prodigua, m'appelant tantôt son petit garçon, tantôt son doux chéri, et puis aussi son héritier et, bientôt, après, sa vie, bref, mêlant les noms gentils et les moyens de séduction et essayant de voir par quels moyens elle pourrait me faire le mieux accourir vers elle : elle se donnait ainsi, par ses airs sérieux, l'apparence d'une mère, mais par ses façons déplacées, elle révélait avec évidence qu'elle était amoureuse.
Et voici quelle fut la fin. Pendant la célébration des Grandes Panathénées, alors que les Athéniens portent processionnellement, sur terre, un navire en offrande à Athéna, je me trouvai appartenir aux éphèbes ; lorsque j'eus chanté le péan habituel à la déesse et participé à la procession traditionnelle, je rentrai, habillé comme je l'étais, avec ma chlamyde et mes couronnes, et revins à la maison. Dès qu'elle me vit, elle fut hors d'elle et ne chercha plus désormais à déguiser son amour ; s'abandonnant à sa passion toute nue, elle accourut vers moi, et m'embrassa : "Voilà le nouvel Hippolyte, dit-elle, et c'est Thésée qui est mon lot !" »

Héliodore, *Les Éthiopiques*, trad. du grec par Pierre Grimal, Gallimard, coll. « La Pléiade », p. 529-530.

2

Dans *Les Mille et Une Nuits*, œuvre orientale qui rassemble de nombreux récits que les conteurs populaires transmettaient oralement au Moyen Âge, Schéhérazade raconte la folie amoureuse qui gagne les deux épouses du sultan.

« Aussitôt on célébra les noces, les réjouissances furent organisées et Lune-du-Temps pénétra dans la chambre de Dame Vie-des-Âmes. Puis le sultan Armânoûs fit solennellement ce qu'il fallait pour l'introniser dans sa succession.

Les deux épouses vivaient ensemble comme des sœurs : par une décision du Donateur Généreux, elles conçurent le même jour et chacune enfanta le même jour un garçon. Le fils de Dame Clair-de-Lune reçut le nom de Glorieux et l'on appela celui de Dame Vie-des-Âmes Chanceux.

Dame Clair-de-Lune se mit à aimer l'enfant de Dame Vie-des-Âmes plus que le sien, tellement elle était attachée à la mère du bambin et, pour la même raison, Dame Vie-des-Âmes vouait à l'enfant de Dame Clair-de-Lune une affection qui ne le cédait en rien à celle de son amie.

Vif, trop vif était cet attachement qui, d'innocent, se mit, comme on verra, à dépasser les limites du permis.

En effet, les enfants grandissaient et ils devenaient physiquement des adultes ; quant à leur formation, le père désigna un lettré pour s'en occuper. Ce précepteur commença son enseignement par les savoirs ordinaires puis il passa à l'éducation requise pour des fils de roi. Le père voulut à un moment séparer les jeunes gens, et les installer chacun dans un palais particulier. Ils refusèrent, suppliant le roi de les laisser vivre côte à côte.

Leur formation s'élargit, quand ils furent devenus assez forts pour régler leur propre conduite et assez sages pour être appelés des hommes, Lune-du-Temps leur demanda alors de venir chaque jour assister aux délibérations du Conseil royal. Puis ils y furent nommés conseillers extraordinaires et durent sièger, chacun à son tour, dans cette assemblée. On ne vit jamais frères plus unis entre eux que Glorieux et Chanceux, ni fils plus aimés de leur père et princes de

leurs sujets. Ils avaient gagné cette affection par toutes ces qualités poussées chez eux au plus haut point : leur physique, leurs
traits, leur intelligence, leur savoir-faire et enfin leur générosité
envers toute créature.
Dame Clair-de-Lune et Dame Vie-des-Âmes, comme il a été dit,
les aimaient également, mais à leur façon : chacune se consumait
de désir pour le fils de l'autre et n'avait qu'une envie, dormir avec
lui. Cependant il leur fallait garder caché cet amour inavouable. »

Les Mille et Une Nuits, trad. de l'arabe par R. Khawam,
Phébus, t. 3, p. 258-259.

3

Dans *La Curée* (1871), où Zola décrit le Paris de la spé-
culation à l'époque du second Empire, l'intrigue consiste
en la passion d'une jeune femme, Renée, pour son beau-
fils Maxime.

« "Tu n'as jamais fait le rêve, toi, d'aimer un homme auquel tu ne
pourrais penser sans commettre un crime ?"
Mais elle resta sombre, et Maxime, voyant qu'elle se taisait toujours, crut qu'elle ne l'écoutait pas. La nuque appuyée contre le
bord capitonné de la calèche, elle semblait dormir les yeux
ouverts. Elle songeait, inerte, livrée aux rêves qui la tenaient ainsi
affaissée, et, par moments, de légers battements nerveux agitaient
ses lèvres. Elle était mollement envahie par l'ombre du crépuscule ;
tout ce que cette ombre contenait d'indécise tristesse, de discrète
volupté, d'espoir inavoué, la pénétrait, la baignait dans une sorte
d'air alangui et morbide. Sans doute, tandis qu'elle regardait fixe-
ment le dos rond du valet de pied assis sur le siège, elle pensait à
ces joies de la veille, à ces fêtes qu'elle trouvait si fades, dont elle ne
voulait plus ; elle voyait sa vie passée, le contentement immédiat de
ses appétits, l'écœurement du luxe, la monotonie écrasante des
mêmes tendresses et des mêmes trahisons. Puis, comme une
espérance, se levait en elle, avec des frissons de désir, l'idée de cet
"autre chose" que son esprit tendu ne pouvait trouver. Là, sa
rêverie s'égarait. Elle faisait effort, mais toujours le mot cherché
se dérobait dans la nuit tombante, se perdait dans le roulement

continu des voitures. Le bercement souple de la calèche était une hésitation de plus qui l'empêchait de formuler son envie. Et une tentation immense montait de ce vague, de ces taillis que l'ombre endormait aux deux bords de l'allée, de ce bruit de roues et de cette oscillation molle qui l'emplissait d'une torpeur délicieuse. Mille petits souffles lui passaient sur la chair : songeries inachevées, voluptés innommées, souhaits confus, tout ce qu'un retour du Bois, à l'heure où le ciel pâlit, peut mettre d'exquis et de monstrueux dans le cœur lassé d'une femme. Elle tenait ses deux mains enfouies dans la peau d'ours, elle avait très chaud sous son paletot de drap blanc, aux revers de velours mauve. Comme elle allongeait un pied, pour se détendre dans son bien-être, elle frôla de sa cheville la jambe tiède de Maxime, qui ne prit même pas garde à cet attouchement. Une secousse la tira de son demi-sommeil. Elle leva la tête, regardant étrangement de ses yeux gris le jeune homme vautré en toute élégance. »

Émile Zola, *La Curée*, Gallimard, coll « La PLéiade »
t.1, p. 328-329.

Les principales mises en scène

Comment interpréter Phèdre ? Pendant longtemps l'histoire de la mise en scène de ce texte s'est confondue avec les incarnations qu'en ont données les monstres sacrés du théâtre français, ces très grandes actrices pour qui jouer l'héroïne tragique apparaissait comme une consécration de leur art. Longtemps aussi, les metteurs en scène se sont tenus loin de Racine : la poésie de ses textes leur semblait être une entrave à leur propre créativité. Mais ces dernières années ont apporté une nouvelle vitalité à son œuvre : les conflits passionnels des personnages semblent modernes à nos contemporains et les metteurs en scène en soulignent l'actualité.

Un rôle de vedette

Marie Champmeslé, maîtresse et actrice fétiche de Racine, au sommet de sa gloire, aurait demandé à l'auteur de créer « un rôle où toutes les passions fussent exprimées ». Racine, toujours très attentif à la diction de ses comédiens, lui aurait fait répéter son rôle mot par mot, vers par vers. Ces anecdotes mettent en valeur la double difficulté de *Phèdre* : il faut en rendre la qualité poétique ainsi que l'intensité dramatique. Pour l'actrice principale, jouer ce rôle est une épreuve de virtuosité puisqu'elle doit montrer une palette de sentiments très étendue, des tourments de l'intériorité à la fureur de la jalousie, mais c'est aussi une épreuve physique : c'est un rôle très long (presque 500 vers), tout en tension et avec des ruptures de rythme.

Les actrices qui ont marqué le répertoire ont charmé leurs contemporains par leur voix, par leur chant déclamatif qui semblait, à travers ce personnage de Phèdre, rendre sensible la qualité de toute l'œuvre racinienne. Après la Champmeslé qui séduisait même madame de Sévigné (elle préférait le

La Champmeslé (1642-1698) dans le rôle de Phèdre. Gravure de Prud'hon
(début du XIXᵉ siècle) d'après un dessin de Cœuré.
Bibliothèque des Arts décoratifs, Paris.

vieux Corneille à Racine), ce furent Adrienne Lecouvreur (1692-1730), Marie Dumesnil (1712-1803), Mlle Clairon (1723-1803), Mlle Raucourt (1750-1815) et Mlle Duschenois (1777-1835) qui triomphèrent devant leur public, même quand leur vie personnelle était l'objet de scandales et de violentes critiques. Plus tard, Rachel (1820-1858) s'imposa, dès l'âge de vingt-deux ans et pendant toute sa carrière, en incarnant la passion amoureuse victime des dieux, avec toutes ses nuances, mais selon un rituel et une gestuelle immuables. Sarah Bernhardt (1844-1923), elle, a commencé par interpréter Aricie, personnage dont elle montra l'importance dramatique d'habitude négligée, pour jouer ensuite une Phèdre à la fois passionnée et hystérique : les passages dont nous possédons des enregistrements montrent en effet un ton recherché et envoûtant. Proust, fasciné par son interprétation, l'a décrite à plusieurs reprises dans *À la recherche du temps perdu* à travers le personnage de la Berma : c'était « autour de l'œuvre, une seconde œuvre vivifiée aussi par le génie. »

Chacune de ces stars a apporté sa réflexion sur le jeu théâtral. Ainsi, le personnage de Phèdre a souvent été soit le lieu de la tradition puisque c'est un rôle que les actrices de la Comédie-Française se sont transmis l'une à l'autre, soit un laboratoire d'innovation théâtrale.

Une tragédie en mal d'interprétation

Dans l'histoire du théâtre français, le rôle du metteur en scène n'apparaît qu'au milieu du XIXe siècle : auparavant, c'était le régisseur ou l'acteur principal qui se chargeait de la mise en place des spectacles. À partir du moment où les metteurs en scène prennent la direction de l'organisation des représentations, c'est un champ ouvert à l'interprétation, à la mise en valeur du sens de la pièce qui est jouée.

Il ne reste que peu d'indications sur les premières représentations données à l'Hôtel de Bourgogne (utilisation d'un fauteuil et d'une toile de fond représentant un palais, costume à la romaine pour la Champmeslé). Les metteurs en scène ont donc à décider du décor et des costumes : à l'antique (décor crétois de Jean-Louis Barrault, 1942), dans le style de l'Antiquité tel que le XVIIᵉ siècle pouvait se l'imaginer (Gaston Baty, 1940), néoclassique (Françoise Seigner, 1989), baroque (Jean Meyer, 1959), très XVIIᵉ-siècle (Antoine Vitez, 1975) ou décor modernisé (Luc Bondy, 1998). Soit il s'agit d'insister sur la distance que le texte a avec nous et de le recréer dans son étrangeté (Jean-Marie Villégier, 1991), soit au contraire de mettre en valeur sa modernité : ainsi Thomas Gennari (1994) a fait jouer le texte par de jeunes comédiens du nord de la France sur un rythme de rap – car l'alexandrin se rappe remarquablement – et a pu remarquer que l'intrigue est parfois proche des préoccupations de ses spectateurs.

Ensuite il faut évaluer l'importance du rôle de Phèdre par rapport à celui des autres personnages qui ont été longtemps escamotés. Mais certains metteurs en scène ont tenu à rendre leur importance aux seconds rôles : ainsi Jean Vilar (1957) a insisté sur le pôle positif de l'amour d'Hippolyte et Aricie, cette dernière étant trop souvent incarnée avec mièvrerie ; Antoine Vitez a montré combien Thésée est omniprésent dans cette intrigue en le faisant apparaître hors scène dès qu'il est question de lui. Ainsi, *Phèdre* peut être une « tragédie… à huit personnages », ce que le dramaturge Paul Claudel a célébré avec la mise en scène de Jean-Louis Barrault.

« Je dis qu'on a bien tort de prétendre que dans Phèdre il n'y a qu'un personnage qui est Phèdre, la passion de Phèdre, et que tous les autres ne sont que des *utilités*, comme on dit. Jean-Louis Barrault a réentoilé ce chef-d'œuvre, comme on a fait de certains Rembrandt, et, grâce à l'importance qu'il a restituée au rôle d'Œnone, le premier acte a été pour moi une des grandes révélations de ma vie artistique. Et de même Hippolyte, sous le voile païen, j'y vois un martyr de la pureté, comme une de ces hautes figures du martyrologe avec qui je faisais connaissance autrefois dans *La Vie des saints* d'Alban Butler. Qu'elle est touchante, cette idylle avec l'autre sacrifiée, Aricie, dans un Élysée prosodique digne de Virgile et de Dante. Un père cruel est revenu à la rencontre de son fils de l'Enfer dont il ramène avec lui les épouvantes. Mais les saints n'ont pas peur du diable. Hippolyte pique au monstre, il lui fait dans le flanc une large blessure. Et quand Hippolyte meurt, laissant son sang à la Pallantide pour rançon d'un royaume usurpé, les ténèbres de la fatalité antique contre laquelle la misérable Phèdre a élevé sa protestation s'éclairent d'un rayon libérateur. »

Paul Claudel, « Conversation sur Jean Racine »,
Cahiers de la compagnie Madeleine Renaud-Jean-Louis Barrault,
n°10, 1955.

La représentation a pour enjeu de rendre visible le sens même de la tragédie : qui est Phèdre et dans quel univers se meut-elle ? Jean-Louis Barrault a voulu montrer le « drame de la sexualité » : Phèdre est une femme mûre, incarnée par Marie Bell, possédée par une passion charnelle presque obscène, interprétation qui poursuit une longue tradition d'analyse du rôle. Antoine Vitez a au contraire insisté sur le fait que Phèdre a vingt ans et rencontre l'amour pour la première fois.

« Ainsi l'amour,
C'est un crime d'aimer.
Le monde est là pour empêcher, torturer,
Elle (Phèdre) devient folle d'amour.
Et meurt.

Elle est très jeune,
Ce n'est pas une femme mûre éprise d'un jeune homme,
C'est presque une jeune fille encore.
Hippolyte aussi. Jeune à en mourir. »

« Tout Racine. Des histoires d'enfants »
Antoine Vitez, *Programme : « Phèdre », de Jean Racine* (1975).

Que signifie enfin Racine à travers cette intrigue ? Est-ce une étude du cœur humain ou la relation de l'être avec le divin ? Phèdre est-elle coupable ou victime ? Quel est le rôle des dieux dans son destin ? Les réponses que donnent les metteurs en scène sont très liées aux lectures critiques qu'ils ont pu faire ou qu'ils cherchent souvent à susciter.

Jugements sur *Phèdre*

Dès 1677, dans son *Épître VII à Racine, Sur l'utilité des ennemis*, Boileau a fait un éloge de l'héroïne principale et de l'art du poète :

« Le Parnasse français anobli par ta veine,
Contre tous ces complots saura te maintenir,
Et soulever pour toi l'équitable Avenir.
Et qui, voyant un jour la douleur vertueuse
De Phèdre, malgré soi, perfide, incestueuse,
D'un si noble travail, justement étonné,
Ne bénira d'abord le siècle fortuné
Qui, rendu plus fameux par tes illustres veilles,
Vit naître sous ta main ces pompeuses merveilles ? »

Très vite, en effet, les comparaisons des deux *Phèdre et Hippolyte* ont tourné à l'avantage de Racine. Plusieurs thèmes reviennent : analyse des personnages et de la représentation de l'amour, la part du destin et l'influence du jansénisme dans l'œuvre.

Figures et fureur de l'amour

Un des reproches faits à Racine a été d'avoir inventé le personnage d'Aricie, si différent de Phèdre, et d'avoir rendu Hippolyte amoureux alors même que la tradition antique insistait sur sa haine des femmes. Son fils raconte une des raisons invoquées par le dramaturge.

« "Il n'y a rien à reprendre au caractère de sa Phèdre, puisque par ce caractère il nous donne cette grande leçon, que lorsqu'en punition de fautes précédentes Dieu nous abandonne à nous-mêmes, et à la perversité de notre cœur, il n'est point d'excès où nous ne puissions nous porter, même en les détestant. Mais pourquoi a-t-il fait Hippolyte amoureux ?" Cette critique est la seule qu'on puisse faire contre cette tragédie ; et l'auteur, qui se l'était faite à lui-même, se justifiait en disant : "Qu'auraient pensé les petits-maîtres d'un

Hippolyte ennemi de toutes les femmes ? Quelles mauvaises plaisanteries n'auraient-ils point faites !" »

Louis Racine, *Mémoires sur la vie et les œuvres de Jean Racine* (1947) , dans Racine, *Théâtre complet*, Gallimard, coll. La Pléiade, 1951, t.1, p. 49-50.

La passion dévorante de Phèdre semble hanter de nombreux critiques ou écrivains, comme si ce personnage concentrait la féminité et ses dangers, mystères toujours à percer : ces commentaires masculins révèlent dans leurs lectures comment Phèdre incarne la femme.

Pour Paul Valéry (1871-1945), la passion de Phèdre est un désir de femme mûre qui se sent pressée par l'âge :

« Phèdre ne peut pas être une très jeune femme. Elle est dans l'âge où celles qui sont véritablement, et comme spécialement, nées pour l'amour, ressentent dans toute sa force leur puissance d'aimer. Elle est à cette période que la vie se connaît pleine et non remplie. À l'horizon, la décadence du corps, les dédains et la cendre. Alors cette vie éclatante éprouve le sentiment de tout son prix. Ce qu'elle vaut engendre ce qu'elle veut dans les ombres de sa conscience, et voici qu'insensiblement tous ces trésors trop lourds se destinent virtuellement à quelque ravisseur indéterminé qui les surprenne, les exalte, les consume, et qui s'orne, déjà, sans avoir paru, de tous les dons qu'une attente anxieuse, une soif de plus en plus ardente lui confère. Le travail intime de la substance vivante ne se borne plus à cette heure à assurer la conservation de proche en proche de l'organisme. Le corps voit plus loin, plus avant que soi. Il produit de la surabondance d'être, et toute l'inquiétude mystérieuse que cause ce surcroît se dépense en rêves, en tentations, en risques, en alternances d'esprit absent et de regards trop vifs. Toute la chair se fait proposition. Comme une plante qu'accable le poids du fruit qu'elle a formé penche et semble implorer le geste qui la cueille, la femme s'offre. »

Paul Valéry, « Sur Phèdre femme », *Variété*, Gallimard, 1944, coll. La Pléiade, Œuvres, t.1, p. 504-505.

André Gide (1869-1951) qui a par ailleurs écrit un récit, *Thésée*, où le héros grec raconte à son fils disparu « ses aventures galantes » (Gallimard, 1946), décrit comment, dans l'œuvre de Racine, la jalousie ravage son personnage.

« Un rire dont l'honnête Corneille restera toujours incapable. Il y a quelque satisfaction d'orgueil à culminer, fût-ce dans la détresse et l'horreur ; à se voir un "modèle accompli", fût-ce du malheur. Fouettée par la jalousie, Phèdre éprouve un sursaut d'énergie pour rire d'elle-même et de son propre désespoir ; une satisfaction affreuse à faire parade, devant Œnone, d'une détresse parvenue à son comble :
Œnone, qui l'eût cru ? J'avais une rivale.
Je ne puis imaginer les vers qui suivent :
Ce tigre, que jamais je n'abordai sans crainte,
Soumis, apprivoisé, reconnaît un vainqueur :
dits autrement qu'avec une ironie sarcastique, et que, dans une sorte d'éclat de rire cruellement triomphal, proféré le cri de détresse :
Aricie a trouvé le chemin de son cœur.
Si donc vous vous sentez capable du rire tragique (sous condition qu'il ne paraisse pas affecté), allez-y ! C'est ici qu'il le faut oser. (Et sitôt après cet éclat très bref, Phèdre rentre dans le ton tragique.) Sinon, renoncez à ce rôle ; il est trop difficile pour vous. »
André Gide, *Interviews imaginaires*, Gallimard, 1942, p. 210-213.

Pour Thierry Maulnier (1909-1988), c'est l'inexpérience de Phèdre qui rend si intense son amour pour Hippolyte.

« C'est seulement par la jeunesse de Phèdre que la détestation divine qui la frappe comme une élection à rebours, comme un contraire de la grâce égal à la plus janséniste des grâces par sa puissance de foudre et par sa gratuité, échappe aux mesures médiocres d'une fatalité commune, et que s'établit, entre la victime et le malheur, cette disproportion absolue, ce déséquilibre d'où l'étincelle tragique peut naître et brûler nos yeux de son éclat. C'est seulement la jeunesse de Phèdre qui donne son sens à la jeunesse d'Aricie. Rien ne serait plus ordinairement humain qu'une Aricie triomphant de Phèdre par les armes communes des combats féminins, par une quelconque surenchère de grâce ou de fraîcheur, et le contraste entre les deux rivales ne peut apparaître dans sa force que par l'analogie de leurs corps et de leurs visages, par cette égalité des chances humaines qui abolit entre elles toute autre opposition que la séparation irrémédiablement mortelle, infranchissable, établie par l'épée de feu d'une injustice surhumaine. Aricie est aux yeux de Phèdre une image de Phèdre inaccessible seulement par le plus incompréhensible des décrets du sort ; elle est la figure même de tout ce que Phèdre veut être et qu'elle est privée d'être à jamais ; elle est l'absolu de son désir et l'absolu de son contraire ; elle est Phèdre sans la souillure. »

Thierry Maulnier, Lecture de Phèdre,
Gallimard, 1967, p. 72-73.

Faut-il lire *Phèdre* comme une pièce janséniste ?

L'importance de la fatalité, plus accentuée dans *Phèdre* que dans les autres tragédies de Racine, a souvent été soulignée : si, pour les uns, il s'agit d'un retour à un tragique de type antique, d'autres insistent sur ce que cette vision du monde peut avoir de chrétien, et même plutôt de janséniste : dans *Phèdre*, nulle place à l'espoir, implacable solitude des héros qui semblent anéantis, abandonnés par les dieux. D'ailleurs le Grand Arnauld lui-même, célèbre solitaire de Port-Royal, disait apprécier cette tragédie. Ainsi certains lecteurs voient dans *Phèdre* l'influence des maîtres du jeune Racine.

« Je sais de science certaine, qu'on accusa *Phèdre* d'être janséniste. Comment, disaient les ennemis de l'auteur, sera-t-il permis de débiter à une nation chrétienne ces maximes diaboliques !
Vous aimez. On ne peut vaincre sa destinée.
Par un charme fatal vous fûtes entraînée.
N'est-ce pas là évidemment un juste à qui la grâce a manqué ? J'ai

entendu tenir ces propos dans mon enfance, non pas une fois, mais trente. »

Voltaire, *Lettre du 23 décembre 1760*
à M. le Marquis Albergati Capacelli.

Dans son ouvrage de critique sociologique, Lucien Goldmann a fondé sa thèse sur l'idée que l'œuvre de Racine exprime l'influence de Port-Royal.

« On a dit que Phèdre était une chrétienne à qui la grâce a manqué. Cette définition nous paraît peu exacte ; les chrétiens, lorsque la grâce leur manque, cessent de chercher Dieu et vivent dans le monde, sans aucun scrupule et sans aucune autre exigence. Si l'on veut à tout prix parler en langage théologique, Phèdre est bien plus l'incarnation du personnage autour duquel s'est livrée en grande partie la bataille entre les jansénistes et la hiérarchie, l'"appelé" de Pascal qui annonce déjà le *Faust* de Goethe, le personnage que les jansénistes ont le plus souvent renié, mais qu'on retrouve explicitement dans les *Pensées* : le personnage du juste pécheur.

Dans l'œuvre de Racine, *Phèdre* est la tragédie de l'espoir de vivre dans le monde sans concession, sans choix et sans compromis, et de la reconnaissance du caractère nécessairement illusoire de cet espoir. »

Lucien Goldmann, *Le Dieu caché*, Gallimard, 1959, p. 421.

Mais la thèse de l'influence janséniste sur l'œuvre de Racine est aussi battue en brèche, en particulier par les biographes de Racine. Ainsi, selon le sociocritique Alain Viala pour qui le parcours de Racine est à comprendre comme une « stratégie de réussite », l'œuvre est construite en fonction des attentes de son public.

« Y en a – plus d'un ! – qui ont dit que *Phèdre* était une œuvre janséniste. Ah ?... Et les deux jésuites consultés ? qui n'ont pas moufté, qui ont approuvé... Des niais ? Fallait alors que ce soit d'un jansénisme bien enjésuité !... Sacrée nuance, au moins ! Mais c'est vrai que ceux qui voient Racine tout partout janséniste disent qu'ils explorent les structures profondes de l'œuvre... Ouaip... Encore ne faut-il pas s'en autoriser pour fabuler : ce serait crime contre l'intelligence ! Encore faut-il montrer comment on les atteint ; et quand elles sont en contradiction avec des faits manifestes, ne pas sauter à pieds joints par-dessus la contradiction... Au contraire, le sens est là, dans la contradiction.

S'il y a ! Si contradiction il y a. Pas évident pour *Phèdre*. Du tout, même. Contradiction entre une pièce à teneur janséniste et le fait qu'il ait consulté des jésuites ? Faudrait d'abord être certain qu'elles sont bien jansénistes, les teneurs ! Et l'inquiétude morale, l'inquiétude sur le sens des choses, des valeurs qui s'entrechoquent, ce n'est pas propre aux jansénistes ! Bien plus général que ça.

Et puis, et puis : ce genre de raisonnement suppose que l'angoisse qu'on voit dans la pièce, elle soit chez l'auteur toute pareille. Qu'un écrivain n'écrit que ce qu'il ressent lui-même... Mouaip... Ça se discute... Le bourgeois qui a peint des colères prolétaires, il les a senties ? Et l'homme qui peint les peurs d'une femme, il les vit ? La littérature, c'est un jeu d'images. On peut imaginer une chose sans l'éprouver pour de vrai. C'est le moins ! »

Alain Viala, Racine, la stratégie du caméléon,
Seghers, 1990, p. 186.

Le silence de Racine

Le fait que Racine ait abandonné la carrière théâtrale juste après *Phèdre* a donné lieu à de nombreux commentaires dont la portée rejaillit souvent sur l'analyse de la tragédie elle-même : pour certains critiques, c'est que Racine retourne vers la religion, ce que laisse présager l'atmosphère religieuse de *Phèdre* ; d'autres, comme Alain Viala, insistent sur la promotion sociale qu'est le fait de devenir historiographe du roi : l'art de Racine est au sommet de sa maîtrise, et l'auteur qui n'est pas nécessairement investi personnellement dans son œuvre trouve heureux de prêter sa plume à de plus noble tâches que le théâtre. Racine, lui, n'a pas laissé d'explication à ce sujet. Et ce silence du dramaturge hante bien des écrivains : l'inspiration peut-elle quitter des génies ?

« C'est pour cette raison qu'il a cessé d'écrire : parce qu'un beau jour il a cessé d'être écrivain. Parce qu'il n'avait plus rien à dire, disent quelques-uns ? Ce serait le premier écrivain qui eût cessé d'écrire pour ce motif. C'est au contraire que la connaissance de la vie lui venait, sous ses formes les plus banales comme les plus pathétiques, avec enfants, roi et tumeur, avec les émotions et les luttes que les fonctions de courtisan et d'être mortel comportent, et parfois même sous l'aspect d'un genre qui n'avait pas cours à cette époque sur la scène, du drame. Dans la vie de chacun de nous, les actes tragiques ne correspondent pas toujours aux points critiques de notre destinée, et jamais cet écart n'a été poussé plus loin que dans la vie de notre plus grand poète tragique. Si Racine s'est tu après *Phèdre*, ce n'est pas que *Phèdre* fût par nature la dernière de ses pièces. Elle était au contraire la première d'une série terrible, et le malheur pour nous est que le poète ne se sentit pleinement déchaîné qu'au moment précis où sur l'homme une coalition de préjugés, d'amis, d'ennemis, de devoirs et de responsabilités passait tous ses liens. Il se découvrit à la fois régisseur d'un monde terrible et serviteur zélé d'une cour. La tragédie de Racine commençait, et comme toutes ses tragédies, elle ne pouvait finir que par une mort, celle du poète lui-même. Il n'y a pas eu silence, mais suicide. »

Jean Giraudoux, *Littérature*, Grasset, 1941,
rééd. Gallimard,1994, p. 50-51.

« "Et nous qui travaillons pour plaire au public..." cette incidente de Racine, dans sa lettre dédicatoire à Madame, montre toute la distance parcourue : il ne s'agit plus aujourd'hui de plaire ou de ne pas plaire, mais de vivre, et le public l'entend bien ainsi qui trouve fort bon que les gens dont c'est le métier continuent d'écrire et de publier, même si le néant est la matière de leur ouvrage, et sans aucune autre raison que de publier et que d'écrire, puisqu'ils en vivent. Après *Phèdre*, Racine a pu craindre de plaire moins. C'est une question qui ne se pose plus pour nous : le droit à l'écriture, et à l'écriture rémunérée, à quel écrivain chevronné le contesterons-nous ? »

François Mauriac, *Mémoires intérieurs*, Gallimard, 1959.

Racine et la nouvelle critique

Pendant les années 1960, l'œuvre de Racine, du fait de son apparente « transparence », a été comme un laboratoire de la critique littéraire. S'opposait à une critique désormais ancienne – celle de l'érudition incarnée par l'imposante thèse de Raymond Picard, *La Carrière de Jean Racine* (1956) – la nouvelle critique, qui appliquait aux œuvres littéraires des méthodes tirées des sciences humaines : analyse freudienne avec *L'Inconscient dans l'œuvre et la vie de Jean Racine* de Charles Mauron (1957), analyse marxiste proposée par Lucien Goldmann avec *Le Dieu caché* (1959) et un essai brillant de Roland Barthes qui convoque anthropologie, analyse structurale et psychanalyse. Ce fut le moment d'une violente querelle, mais dont le sujet portait moins sur l'œuvre elle-même que sur celui du droit à l'interpréter : cette polémique annonce celles qui vont secouer le monde intellectuel et universitaire en mai 1968.

« *Phèdre* propose donc une identification de l'intériorité à la culpabilité ; dans *Phèdre*, les choses ne sont pas cachées parce qu'elles sont coupables (ce serait là une vue prosaïque, celle d'Œnone, par exemple, pour qui la faute de Phèdre n'est que contingente, liée à la vie de Thésée) ; les choses sont coupables du moment même où elles sont cachées : l'être racinien ne se dénoue pas et c'est là qu'est son mal : rien n'atteste mieux le caractère *formel* de la faute que son assimilation explicite à une maladie ; la culpabilité objective de Phèdre (l'adultère, l'inceste) est en somme une construction postiche, destinée à naturaliser la souffrance du secret, à transformer utilement la forme en contenu. Cette inversion rejoint un mouvement plus général, celui qui met en place tout l'édifice racinien : le Mal est terrible, à proportion même qu'il est vide, l'homme souffre d'une forme. C'est ce que Racine exprime très bien à propos de Phèdre, quand il dit que pour elle le crime même est une punition. Tout l'effort de Phèdre consiste à remplir sa faute, c'est-à-dire à absoudre Dieu. »

Roland Barthes, *Sur Racine*, Le Seuil, 1963,
rééd. en coll « Point », p. 116.

Lectures contemporaines

L'importance et le retentissement des ouvrages critiques des années 1960 ont, pendant un temps, comme freiné de nouvelles études sur l'œuvre de Racine. Aujourd'hui, à côté d'analyses pointues, les universitaires osent à nouveau s'attaquer au théâtre de Racine et l'interroger selon de nouvelles méthodes (sociocritique, analyse politique, étude de la réception). Le tricentenaire de la mort du dramaturge, en 1999, va être l'occasion d'un nouvel essort critique.

À côté de ces recherches universitaires, l'œuvre de Racine est souvent l'occasion d'une écriture personnelle et d'analyse de textes. Ainsi pour Serge Koster, enfant d'immigrés, la poésie racinienne a été un moyen de s'approprier la langue et la culture françaises.

« J. R. Jean Racine. C'est cela même : j'enracine. Nul besoin d'autres racines que celle de la langue qui nous crée, que nous recréons. [...] La francité plonge ses racines dans des terreaux étrangers : métissage, mixage, mixité. Conjuguons le mérite et l'héritage. Optons. Adoptons. La langue, notre partie, notre patrie. J'écris, donc j'existe. Je me francise, j'enracine.

Comment parler de lui, J. R., cet inconnu, cet autre absolu, cet étranger inatteignable, le cygne sur ses cimes ? Cet astéroïde attiré par le plus grand des astres, s'il nous éblouit, ne nous aveugle pas. Les siècles ne sont pas toute la distance. »

Serge Koster, *Racine, une passion française*,
PUF, 1998, p. 19-20.

La mythologie dans *Phèdre*

> « *Puisque Vénus le veut, de ce sang déplorable*
> *Je péris la dernière et la plus misérable.* »
>
> vers 257-258

Petite histoire de la mythologie

L'histoire de l'amour de Phèdre pour Hippolyte est à l'origine un épisode du mythe de Thésée, un des héros, de la mythologie grecque. Thésée était considéré par les Athéniens comme le fondateur de leur cité. Comme le théâtre était un genre lié à la politique, les Grecs firent souvent de ce héros un personnage de leurs pièces – en manière d'hommage. Dans le cas d'*Hippolyte porte-couronne* d'Euripide, tragédie dont Racine s'est inspiré pour composer *Phèdre*, Thésée est précisément un des personnages principaux.

Pour les dramaturges, la mythologie offre un réservoir de sujets de premier ordre, ainsi que l'a souligné Aristote : les héros connaissent des aventures à leur dimension ; ils passent d'un grand bonheur à un extrême malheur qu'ils causent ou subissent ; ces retournements de situation sont d'autant plus tragiques que les protagonistes qui s'affrontent sont membres de la même famille.

La mythologie a une histoire ; ce n'est pas un ensemble de récits figés que la tradition transmettrait fidèlement ; pendant longtemps, son seul support a été la seule mémoire des conteurs ; aussi chaque auteur qui évoque un épisode le transforme-t-il souvent à sa façon. Cependant, il ne faut pas attendre que la chronologie des événements par les mythes racontés soit cohérente : bien souvent, au contraire, les récits mythiques tissent des liens pour la mémoire humaine entre des époques différentes. La légende de Phèdre, assez récente, témoigne sans doute de l'histoire de la mythologie et de celle de la Grèce : elle semble lier l'histoire athénienne à celle de la puissance crétoise, plus ancienne. En effet, l'épisode où Thésée délivre la Grèce du terrible Minotaure crétois rappelle l'époque de l'apogée de la Crète (deuxième millénaire avant Jésus-Christ), époque bien antérieure à la fondation d'Athènes. L'invention du Minotaure lui-même, monstre à corps d'homme et à tête de taureau, fils de la reine Pasiphaé et d'un taureau, témoigne vraisemblablement d'une époque plus ancienne où les dieux étaient zoomorphes (à forme animale) et du passage à une civilisation aux dieux anthropomorphes (à forme humaine). Néanmoins, comme la matière des cycles mythologiques a souvent été remaniée, il reste difficile de déterminer la part historique inscrite dans chaque mythe. Déjà à l'époque antique, lorsque Euripide écrit *Hippolyte à Athènes,* au Ve siècle avant Jésus-Christ, les hommes ne comprenaient plus bien le sens de ces légendes qu'ils colportaient : Pasiphaé apparaissait déjà comme monstrueuse et étrange, mais elle fascinait encore !

La mythologie dans *Phèdre* de Racine

Au XVIIe siècle, de nombreux éléments mythologiques heurtaient la raison ou les bienséances : l'étrange Minotaure ou le retour de Thésée des Enfers pouvaient paraître peu vraisemblables et donc peu propices à la représentation d'une tragédie. Le merveilleux devient vite l'apanage d'un genre très en vogue, l'opéra, non soumis aux règles du théâtre classique : les divinités et les monstres ne cessent de surgir dans les pièces à machines et les grands spectacles festifs. La plupart des dramaturges du XVIIe siècle qui ont traité de la légende d'Hippolyte n'ont donc utilisé la mythologie que comme un décor. Racine, lui, n'a pas craint d'évoquer les dieux et de nombreux personnages, aussi monstrueux ou surnaturels soient-ils. Le merveilleux est avant tout une partie intégrante de sa poésie. Il a glissé dans de nombreux vers des allusions mythologiques sans les expliquer : ainsi en est-il de la malédiction de Vénus, de l'énumération des monstres abattus par Thésée ou de la généalogie des héros. Si les contemporains de Racine connaissaient sans doute bien la mythologie, il est vraisemblable qu'ils ne décryptaient pas toutes les références. Ce qui importe donc, outre les histoires évoquées, c'est la puissance et le mystère des noms prononcés. De plus dans *Phèdre*, la mythologie est introduite dans l'action : les dieux sans cesse invoqués ont souvent le statut d'actants (de forces qui motivent les actes des personnages) : ainsi Vénus a inspiré à Phèdre sa passion et ne la laisse pas en repos. Le divin est la source même de la fatalité à l'œuvre dans la pièce – les personnages ne sauraient échapper à leur destin. Les dieux sont omniprésents au point que leurs rôles peuvent parfois sembler incompatibles les uns avec les autres et devraient s'annuler. Tel n'est pas le cas : ils incarnent la dimension démoniaque de l'être et de ses contradictions. Dieux et monstres, liés aux hommes par des histoires que la mythologie raconte, sont intégrés au drame psychologique des personnages.

MACÉDOINE

THRACE

Thasos

ÉPIRE

Troie

Lemnos

△
MONT OLYMPE

THESSALIE

MER ÉGÉE *Lesbos*

ÉTOLIE

Delphes. ATTIQUE *Eubée*

Chios

Thèbes.

Athènes.

Mycènes.

Andros

Olympie.

Argos.

Delos *Icarie*

PÉLOPONNÈSE

Épidaure

Trézène

Naxos

.Sparte

CAP TÉNARE

Cythère

MER IONIENNE

Cnossos

Crète

• Trézène : nom de ville
ATTIQUE : nom de région
Crète : nom d'île

0   100   200 Km

Carte de la Grèce antique

Petit dictionnaire mythologique
et historique de *Phèdre*

NB : Racine emploie souvent les noms latins, plus connus à son époque, pour les divinités grecques. Leur équivalent grec est donné entre parenthèses.

Achéron
Fleuve qui traverse les Enfers : les morts doivent le franchir sur la barque de Charon pour y accéder. L'Achéron désigne par métonymie les Enfers.

Alcide
Façon de nommer Hercule par référence à son ancêtre Alcée. En grec, ce nom évoque la force physique.

Amazones
Peuple de femmes guerrières, descendantes du dieu Mars (Arès) et de la nymphe Harmonie. Pour tirer à l'arc et manier la lance avec plus d'aisance, elles se coupent un sein. Elles se gouvernent elles-mêmes et ne supportent pas la présence d'hommes. Elles représentent l'étranger et la barbarie : leur royaume est situé loin de la Grèce, au nord, près du Caucase.

Antiope
Reine des Amazones, enlevée par Thésée ; de leur union est né Hippolyte.

Argos
Ville du Péloponnèse, assez proche de Trézène.

Ariane
Fille de Minos et de Pasiphaé, sœur aînée de Phèdre. Par amour, elle n'hésite pas à trahir sa famille : c'est elle qui donne à Thésée le fameux fil qui le guide, une fois le Minotaure tué, pour sortir du Labyrinthe. Elle s'enfuit avec lui pour échapper à la colère paternelle. Mais sur le chemin vers Athènes, Thésée l'abandonne sur le rivage de l'île de Naxos où elle devient folle de douleur jusqu'à ce que Bacchus (Dionysos) l'épouse.

Cercyon
Brigand redoutable, vaincu à la lutte et tué par Thésée.

Cocyte
Un des fleuves des Enfers avec l'Achéron et le Styx. Le Cocyte peut désigner par métonymie les Enfers.

Corinthe
Ville située sur l'isthme qui relie le Péloponnèse à la Grèce centrale.

Crète
Île grecque où s'est développée la brillante civilisation minoenne ; son apogée, entre le XXᵉ et le

XIVe siècle avant Jésus-Christ, coïncide avec la dynastie des Minos : c'est l'époque des palais avec une architecture labyrinthique. L'image du taureau est fortement liée à la Crète.

Diane (Artémis)
Déesse (vierge) de la Chasse à qui se consacre traditionnellement le jeune Hippolyte.

Égée
Ancien roi d'Athènes, père humain de Thésée, descendant d'Érechthée.

Élide
Région du Péloponnèse.

Enfers
Domaine souterrain de Pluton (Hadès), séjour des morts.

Épidaure
Ville du Péloponnèse où résidait le terrible géant qui assassinait les passants pour les dévorer jusqu'à ce que Thésée le massacre et disperse ses os.

Épire
Région montagneuse au nord-ouest de la Grèce où les Anciens situaient l'entrée des Enfers.

Érechthée
Fondateur d'Athènes, descendant de la Terre (Gaïa), aïeul d'Égée et de Pallante. L'image des vers 425-426 insiste sur ce qu'a de monstrueux, pour un enfant de la Terre, de voir les querelles familiales tuer une partie de sa descendance.

Esculape (Asclépios)
Dieu de la Médecine, qui a ressuscité de nombreux mortels. Selon Ovide, c'est le cas d'Hippolyte après la malédiction mortelle prononcée par Thésée à son encontre.

Hélène
La plus belle des mortelles, fille de Léda et de Jupiter (Zeus). Thésée l'a enlevée adolescente. Plus tard, elle épouse le roi Ménélas et est enlevée par Pâris : sa beauté est cause de la guerre de Troie.

Hercule (Heraclès)
Célèbre héros, connu par les « douze travaux » qu'il a réussi à accomplir : il est le symbole de la force sans égale, mais aussi de la séduction. Thésée lui est souvent comparé.

Hippolyte
Fils de Thésée et de l'Amazone Antiope, successeur légitime au trône de Thésée. Le mythe antique insiste sur sa dévotion à Diane chasseresse et sur son mépris pour Vénus. Innocent, mais calomnié par Phèdre, il ne peut échapper à la malédiction mortelle que Thésée lance contre lui. Certains auteurs le font ressusciter par Esculape.

Icare

Fils de Dédale, l'architecte du Labyrinthe crétois. Enfermé dans ce palais, il s'en échappe en volant avec des ailes de plume et de cire. Le Soleil fait fondre la cire et Icare tombe alors dans la mer. Cette partie de la mer Égée s'appelle depuis la mer Icarienne.

Junon (Héra)

Épouse de Jupiter (Zeus), déesse du Mariage et de la Fidélité parce que précisément elle est souvent trompée.

Jupiter (Zeus)

Roi de l'Olympe et souverain des dieux et des hommes. Il est connu pour ses multiples unions avec des divinités et des mortelles. Ainsi, Minos, père d'Ariane et de Phèdre, est né des amours de Jupiter et d'Europe. Pitthée, grand-père maternel de Thésée, descend aussi de lui.

Labyrinthe

Palais crétois aux couloirs inextricables. C'est l'architecte Dédale qui l'a construit à la demande du roi Minos pour y cacher le Minotaure, fils monstrueux des amours de la reine Pasiphaé et d'un taureau.

Médée

Magicienne, petite-fille du Soleil et fille du roi de Colchide. Par amour, comme Ariane, elle a aidé Jason a conquérir la Toison d'or, en trahissant sa propre famille. Lorsque, de retour en Grèce, Jason l'abandonne pour la fille du roi de Corinthe, Médée, dans une fureur jalouse, tue le roi et sa fille, mais aussi les enfants qu'elle a eus de Jason. Par ses origines, sa folie amoureuse et sa jalousie, Médée incarne, comme Phèdre, la figure de la femme maléfique.

Minerve (Athéna)

Déesse de la Sagesse et protectrice d'Athènes.

Minos

Roi de Crète, époux de Pasiphaé, père d'Ariane et de Phèdre. Il passe pour avoir régné avec sagesse et justice. C'est pourquoi, après sa mort, il est devenu juge aux Enfers.

Minotaure

Monstre crétois au corps d'homme et à la tête de taureau. Pour se venger du Soleil qui a dévoilé aux dieux ses amours adultères, Vénus a maudit sa descendance : elle a ainsi rendu la fille du Soleil, Pasiphaé, amoureuse d'un taureau et fait naître le Minotaure de cette union contre nature. Enfermé dans le Labyrinthe par Minos, le Minotaure ne se nourrit que de chair humaine – chaque année, Athènes est contrainte de lui envoyer sept jeunes gens et sept jeunes filles, jusqu'à ce que Thésée la délivre de ce joug en tuant le Minotaure avec l'aide d'Ariane.

Mycènes
Ville du Péloponnèse.

Neptune (Poséidon)
Dieu de la Mer qui a aussi enseigné aux hommes l'art de dresser les chevaux. Une tradition en fait le père divin de Thésée à qui il a promis d'exaucer trois vœux.

Pallante (ou Pallas)
Frère d'Égée, père des nombreux Pallantides.

Pallantides
Les cinquante fils de Pallas qui ont disputé à Thésée la succession d'Égée. Thésée les tue et affirme son pouvoir à Athènes. Dans l'œuvre de Racine, ils ne sont que six et Aricie est leur sœur : Thésée la garde captive et lui interdit de se marier de peur qu'elle ne donne naissance à des enfants qui puissent revendiquer le trône athénien.

Parque (Moire)
Les trois Parques sont les divinités du destin qui, telles des fileuses, mesurent la vie humaine : la première carde, la deuxième file et la troisième coupe le fil de la vie. Par métonymie, la Parque désigne la mort.

Pasiphaé
Fille du Soleil, épouse de Minos, mère d'Ariane et de Phèdre. La haine de Vénus contre son père lui fait aimer un taureau et donner naissance au monstrueux Minotaure.

Péribée
Fille du roi de Salamine, une des nombreuses conquêtes que Thésée a rapidement abandonnées.

Phèdre
Fille de Minos et de Pasiphaé, sœur d'Ariane et du Minotaure. Épouse de Thésée, elle conçoit une passion coupable pour son beau-fils, Hippolyte. En grec, son nom veut dire « étincelante ».

Périthoüs
Fidèle ami de Thésée. Amoureux de Proserpine (Perséphone), la femme de Pluton (Hadès), il va jusqu'aux Enfers pour l'enlever, mais il y trouve la mort. Thésée l'accompagne dans cette aventure.

Pitthée
Roi fondateur de Trézène, grand-père maternel de Thésée qu'il a élevé.

Procruste (ou Procuste)
Terrible brigand de l'Attique qui écartelait ou amputait ses prisonniers après les avoir installés sur un lit trop grand ou trop petit pour eux. Thésée parvint à le tuer.

Proserpine (Perséphone)

Fille de Jupiter (Zeus) et de Cérès (Déméter), épouse de Pluton (Hadès) avec qui elle passe six mois par an dans le monde souterrain des Enfers. Périthoüs, amoureux d'elle, essaie de l'en arracher.

Scirron

Brigand de l'Attique qui contraignait les voyageurs à lui laver les pieds et qu'il précipitait dans la mer. Thésée le met à mort.

Sinnis

Brigand de la région de Corinthe qui avait pour habitude d'écarteler les voyageurs en les attachant à des pins qu'il pliait puis relâchait vivement. Thésée lui fait connaître le même sort.

Soleil (Hélios)

Divinité de la race des Titans, père de Pasiphaé. Il a dévoilé aux dieux assemblés les amours adultères de Mars et de Vénus en les faisant prendre dans un filet par Héphaïstos, l'époux trompé de Vénus. Celle-ci décide de se venger sur toute la descendance du Soleil en rendant malheureuses les amours de Pasiphaé, d'Ariane et de Phèdre.

Sparte

Ville du Péloponnèse, où règne la famille d'Hélène.

Styx

Principal fleuve des Enfers ; par métonymie, il peut désigner les Enfers.

Ténare

Cap au sud du Péloponnèse, route qu'Hercule a empruntée pour se rendre aux Enfers.

Terre (Gaïa)

Mère d'Érechthée, ancêtre des Pallantides et de Thésée.

Thésée

Héros par excellence de l'Attique, considéré comme le véritable fondateur d'Athènes. Symétrique d'Hercule à qui il est comparable tant par les exploits qu'il a accomplis dans le Péloponnèse que par le nombre de ses conquêtes amoureuses. Fils d'Égée (roi d'Athènes) – ou de Poséidon pour ce qui concerne ses origines divines –, élevé à Trézène par son grand-père Pitthée, il a à combattre les Pallantides pour succéder à Égée sur le trône d'Athènes. Parmi ses aventures les plus célèbres, on trouve la guerre contre les Amazones (de son union avec leur reine est né Hippolyte), la mise à mort du Minotaure à l'aide d'Ariane, et, avec son ami Périthoüs, le voyage aux Enfers d'où il ressort, lui, sain et sauf.

Trézène

Ville du Péloponnèse où, selon certaines traditions, Thésée s'est exilé pendant une année pour expier le meurtre des Pallantides.

Vénus (Aphrodite)

Déesse de l'Amour. Elle poursuit de sa haine les descendantes du Soleil et leur inspire des amours monstrueuses ou fatales.

Petit dictionnaire pour commenter *Phèdre*

Actant

Élément animé ou non qui influe sur l'action ; Vénus est un actant essentiel dans *Phèdre*.

Acteur

Personne qui interprète un rôle ; au XVIIᵉ siècle, ce mot était aussi souvent employé pour parler d'un personnage.

Action

Progression des événements au cours de la pièce, intrigue.

Alexandrin

Vers de douze syllabes, souvent divisé en deux hémistiches par une coupe en son milieu.

Allégorie

Évocation d'une idée abstraite par une scène concrète qui la représente précisément. Ainsi, « la Parque homicide » (v. 469) figure la mort.

Allitération

Répétition d'une même consonne dans une suite de mots pour pro-duire un effet harmonique ou rythmique. Par exemple, aux v. 253-254, on remarque les allité-rations en « r », « m » et « s(s) » :
« *Ariane, ma sœur, de quel*
　　　　　[amour blessée.
Vous mourûtes aux bords où
　　　　　[vous fûtes laissée ! »

Allusion

Façon de parler de quelque chose ou de quelqu'un non explicite, mais par évocation. Ainsi, lorsque Phèdre dit « ô haine de Vénus ! ô fatale colère ! » (v. 249), elle fait allusion au res-sentiment que Vénus éprouve envers le Soleil qui l'a humiliée, raison pour laquelle la déesse conduit toute la famille de celui-ci à sa perte.

Amplification

Développement d'une idée par addition de détails et par grada-tion. Ainsi, on remarque une amplification décrivant les maux de Phèdre aux vers 1227-1229 :

« *Tout ce que j'ai souffert, mes
[craintes, mes transports,
La fureur de mes feux, l'horreur
[de mes remords,
Et d'un cruel refus l'insupportable
[injure.* »

Anaphore

Reprise d'un même mot ou d'un
même groupe de mots en début
de phrase ou de vers qui crée un
effet d'insistance. Ainsi, on relève
l'anaphore de « *vous* » aux vers
165-168 :
« *Vous-même, rappelant votre
[force première,
Vous vouliez vous montrer et
[revoir la lumière,
Vous la voyez, madame ; et prête
[à vous cacher,
Vous haïssez le jour que vous
[veniez chercher !* »

Antithèse

Opposition de deux idées ou de
deux expressions de sens
contraires. Ainsi en est-il du
trouble que Phèdre décrit au vers
276 :
« *Je sentis tout mon corps et
[transir et brûler* »

Apostrophe

Interpellation directe d'une personne ou d'une abstraction per-
sonnifiée. Ainsi, Thésée apos-
trophe Neptune : « *Et toi,
Neptune, et toi, si jadis mon courage* » (v. 1065).

Argument

Raisonnement qui vise à prouver
ou à réfuter une idée.

Assonance

Répétition d'un même son voca-
lique dans une suite de mots pour
produire un effet rythmique ou
harmonique. Par exemple, aux
vers 253-254, on remarque les
assonances en « *ou* » et en « *u* » :
« *Ariane, ma sœur, de quel
[amour blessée
Vous mourûtes aux bords où
[vous fûtes laissée !* »

Asyndète

Absence de liaison entre des mots
ou des expressions qui se trou-
vent pourtant en rapport de coor-
dination. Ainsi, on trouve une
simple juxtaposition de propositions au vers 273 alors qu'elles
ont un rapport temporel les unes
avec les autres : « *Je le vis, je rougis, je pâlis à sa vue.* »

Bienséance

Ce qu'il convient de faire. C'est
un code moral et esthétique : il
faut distinguer les bienséances
internes des bienséances externes.
Les bienséances internes consis-
tent à conduire l'action d'un personnage conformément à ce que
la légende ou l'histoire en disent.
Les bienséances externes exigent
en outre que le personnage se
conduise conformément à l'image que le public s'en fait. Pour le

théâtre classique, le respect de la bienséance interdisait de mettre en scène tout acte violent, vulgaire ou choquant. C'est pourquoi la mort violente d'Hippolyte n'apparaît pas sur scène mais est l'objet d'un récit.

Césure à l'hémistiche

Coupe entre deux hémistiches au milieu d'un alexandrin (après la 6ᵉ syllabe). Au vers 225, la césure est marquée par les deux points :
« Je t'en ai dit assez : épargne-moi le reste. »

Champ lexical

Ensemble de termes qui renvoient à une même réalité ou à un même concept.

Chiasme

Figure de rhétorique formée d'un croisement des termes sur le modèle ABBA. Par exemple, le chiasme du vers 480 met en valeur l'absence de liberté d'Hippolyte :
« Je vous laisse aussi libre et plus libre que moi. »

Confident(e)

Dans une pièce de théâtre et surtout en tragédie, personnage secondaire qui accompagne le héros ou l'héroïne : leurs dialogues permettent d'informer le public des pensées et des sentiments des personnages principaux.

Contre-rejet

Fait de commencer une phrase à la fin d'un vers en la prolongeant sur le vers suivant. Ainsi, on observe un contre-rejet au vers 255 :
« Que faites-vous, madame ? et
      [quel mortel ennui
Contre tout votre sang vous
      [anime aujourd'hui ? »
(v. 255-256).

Coup de théâtre (ou Péripétie)

Brusque retournement de situation qui donne à la pièce une direction contraire à ce qui était attendu. Le retour de Thésée est un coup de théâtre dans Phèdre.

Coupe

Pause entre deux groupes de mots à l'intérieur d'un vers.

Crise

Moment décisif où les tensions sont à leur point culminant.

Dénouement

Résolution des conflits à la fin d'une pièce. Le dénouement occupe généralement le cinquième acte d'une tragédie et doit permettre au public de connaître ce qu'il advient de tous les protagonistes de l'action.

Didascalie (ou Indication scénique)

Indication de jeu de scène ou de décor donnée par l'auteur. Ce mot désigne tout ce qui n'est pas prononcé par les acteurs sur scène, en particulier : les indications de changements de scène, d'acte et de tour de parole ainsi que les indications inscrites en italique dans le texte (par exemple, « *Elle s'assied* », vers 157). Mais les paroles des personnages peuvent aussi servir de didascalies (on peut parler de didascalies implicites) puisqu'elles renseignent souvent sur leurs mouvements et leurs attitudes : le vers 244 indique qu'Œnone s'est agenouillée et fait une prière en touchant les genoux de Phèdre.

Diérèse
Prononciation en deux syllabes de deux phonèmes généralement prononcés en une. Le vers 253, « *Ariane, ma sœur, de quel amour blessée* » ne peut être un alexandrin que si l'on respecte la diérèse Ari-ane.

Dramatique
Qui fait progresser l'action (« drame » en grec ancien signifie action).

Dramaturgie
Art de la construction théâtrale. L'auteur de théâtre est appelé dramaturge.

Enjeu dramatique
Conséquences pour l'action des décisions que prennent les personnages ou des événements qui surviennent. Ainsi, l'enjeu dramatique de la mort de Thésée est, pour Aricie, la liberté politique, la possibilité d'aimer Hippolyte et d'en être aimée, pour Phèdre, la possibilité de vivre son amour coupable pour Hippolyte.

Éponyme
Qui donne son nom à quelqu'un, à quelque chose. Phèdre est le personnage éponyme de la pièce.

Exclamation
Cri, paroles brusques qui expriment de façon spontanée une forte émotion. Ainsi, on remarque trois exclamations d'Œnone au vers 266 : « *Ô désespoir ! ô crime ! ô déplorable race !* »

Exposition
Phase initiale de la pièce où sont données les informations nécessaires au public pour comprendre la situation initiale. Dans une pièce classique, la scène d'exposition est la première scène du premier acte et on désigne aussi cet acte comme l'acte d'exposition.

Galant (vocabulaire)
Expressions conventionnelles et métaphoriques du langage de l'amour dans la littérature du XVIIᵉ siècle, tels « le joug amoureux », « les soupirs », « l'hommage », « les fers » ou « les feux » de l'amour. Aricie emploie un vocabulaire galant pour parler

de ses sentiments pour Hippolyte (vers 440-456).

Gradation

Énumération qui présente les idées par touches successives, avec une progression en importance croissante. Ainsi, on observe une gradation dans la façon dont Œnone qualifie Hippolyte aux vers 202-205 :

« [...] *un même jour* [...] *rendra l'espérance au fils de l'étrangère,*
À ce fier ennemi de vous, de votre
[*sang,*
Ce fils qu'une Amazone a porté
[*dans son flanc*
Cet Hippolyte. »

Hémistiche

Moitié d'un vers, marquée par une césure, constituée de six syllabes pour l'alexandrin.

Héros, Héroïne

Dans la mythologie, personnage important, roi, reine, souvent demi-dieu ou de descendance divine. Par la suite, ce terme a été utilisé pour tout personnage d'une œuvre.

Hyperbole

Mise en relief d'une idée par des mots qui l'exagèrent. Ainsi, on observe une image hyperbolique au vers 82 :
« *Et la Crète fumant du sang du Minotaure.* »

Hypotypose

Description animée et frappante qui sélectionne les éléments d'un spectacle pour les mettre sous les yeux, comme un tableau ou une scène vivante. La description que Théramène fait du monstre qui attaque Hippolyte est une hypotypose (v. 1515-1521).

Interrogation oratoire (ou Question rhétorique)

Question qui porte sa réponse en elle-même et n'attend donc pas de réponse. Procédé stylistique qui souligne une émotion ou qui montre la volonté de convaincre. Ainsi, au vers 233, Œnone cherche à émouvoir Phèdre et à la convaincre de vivre en lui rappelant sa fidélité dans une interrogation oratoire :
« *Cruelle ! Quand ma foi vous a-t-elle déçue ?* »

Intrigue

Ensemble des événements qui forment le nœud d'une pièce de théâtre ou d'une œuvre narrative.

Inversion

Déplacement d'un mot ou d'un groupe de mots, par rapport à l'ordre habituel et à la logique grammaticale, qui provoque un effet poétique. Ainsi au vers 278, le complément du nom et sa relative précèdent le groupe nominal « *tourments inévitables* » sur lequel ils portent :

« *Je reconnus Vénus et ses feux*
[redoutables,
d'un sang qu'elle poursuit,
[tourments inévitables »
(v. 277-278).

Ironie tragique

Procédé par lequel un auteur fait dire ou faire à un personnage des paroles ou des actions qui auront un résultat contraire à celui qu'il espère. Par exemple, on remarque l'ironie tragique de la joie que manifeste Thésée à retrouver sa famille lorsqu'il revient des Enfers :
« *La fortune à mes yeux cesse d'être opposée* » (v. 913).

Litote

Expression affaiblie de la pensée dans l'intention de laisser entendre plus qu'on ne dit. Ainsi, Aricie laisse entendre à Hippolyte qu'elle l'aime par une litote, ce qui convient à sa pudeur :
« *Mais cet empire enfin si grand,*
[si glorieux,
N'est pas de vos présents le plus
[cher à mes yeux. »(v. 575-576)

Merveilleux

Élément d'ordre inexplicable, surnaturel. Le retour de Thésée des Enfers est de l'ordre du merveilleux.

Métaphore

Figure de style qui consiste à employer un terme concret pour exprimer une notion abstraite, par substitution analogique, sans terme comparant. Ainsi, « la flamme » désigne métaphoriquement l'amour car l'amour est comme une flamme (il brûle).

Métonymie

Figure de rhétorique qui consiste à désigner une chose par un terme qui en désigne une autre, mais qui est lié à la première par un rapport de contiguïté. Ainsi, le mot « *tête* » désigne par métonymie la personne de Thésée :
« *J'ignore le destin d'une tête si chère.* » (v. 6)

Monologue

Scène où un personnage est seul sur scène et parle ; il peut s'adresser à lui-même, à un dieu ou à quelqu'un qu'il évoque. Cela permet au public de connaître les sentiments et les pensées d'un personnage. Au cours du XVIIᵉ siècle, les monologues sont devenus de moins en moins longs et moins fréquents de façon à ne pas sembler trop invraisemblables. Ex. : acte IV, scène 5.

Mythe

Récit fabuleux, transmis par la tradition, qui met en scène des personnages et des événements extraordinaires, souvent merveilleux.

Mythologie

Ensemble des mythes d'une civilisation.

Nœud de l'action

Point de l'action où les événements et les personnages sont interdépendants de sorte que toute action ou décision de l'un ne peut qu'entraîner des répercussions sur l'ensemble de l'action.

Pathétique

Qui émeut, qui suscite une émotion intense de pitié et de compassion chez les spectateurs. Est pathétique un personnage confronté à une situation conflictuelle : tel est le cas d'Hippolyte qui ne veut pas offenser Thésée en lui révélant le crime de Phèdre.

Péripétie
(ou Coup de théâtre)

Retournement de situation. Le retour de Thésée est une péripétie car il invalide tout ce qu'escomptaient les héros avec sa mort.

Périphrase

Expression formée par un groupe de mots, employée pour exprimer une idée qui pourrait l'être par un seul terme. Ainsi, Hippolyte désigne Phèdre par une périphrase : « *La fille de Minos et de Pasiphaé* » (v. 36).

Protagoniste

Personnage qui joue le premier rôle dans une action.

Psychanalyse

Méthode et théorie inventées par Freud (1856-1939) qui ont pour but de traiter les troubles psycho-logiques et de proposer une interprétation de la vie intérieure, une analyse de l'inconscient.

Récit

Dans le théâtre classique, évocation par un personnage d'événements qui se sont passés hors scène. Théramène fait un récit de la mort d'Hippolyte.

Règles dramatiques

Dans le théâtre classique, principes des trois unités (temps, lieu et action), de bienséance et de vraisemblance.

Rejet

Prolongation sans pause d'une phrase au-delà des limites d'un vers, au début du vers suivant. Ainsi, le rejet au vers 1446 souligne l'accusation que porte Aricie quoiqu'elle n'ose pas la formuler :

« *Mais tout n'est pas détruit, et*
        [vous en laissez vivre
Un... Votre fils, seigneur, me
        [défend de poursuivre. »

Répétition

Reprise significative de certains mots. Ainsi, on remarque une répétition au vers 1547 :

« *J'ai vu, seigneur, j'ai vu votre malheureux fils.* »

Réplique

Énoncé d'étendue variable, dit par un personnage à un autre au cours d'un dialogue.

Revirement

Changement soudain et complet dans la disposition d'esprit d'un personnage. Ainsi, Thésée aux vers 1594-1616 ne manifeste plus de haine pour son fils, mais une méfiance soudaine vis-à-vis de son épouse.

Rhétorique

Art de composer un texte ou un discours. Les figures de rhétorique ou figures de style, sont les procédés d'expression qui visent à frapper l'attention de l'auditeur ou du lecteur par leur forme.

Sens propre / sens figuré

Le sens propre est l'emploi d'un mot dans sa signification usuelle et normale, le sens figuré en donne une signification figurée. Le « sang » est au sens propre ce qui coule dans les veines, et au sens figuré il désigne la famille.

Signe

Indice. Chose perçue qui conduit à l'existence ou à la vérité d'une autre à laquelle elle est liée : c'est ce sur quoi se fonde l'interprétation. L'épée qu'Hippolyte a laissée dans les mains de Phèdre est le signe de sa faute aux yeux de Thésée.

Suspense

Terme anglais. En français, on peut parler de suspens dramatique. Moment dans l'action ou dans un récit qui fait naître un sentiment d'attente pour le lecteur ou le spectateur.

Synérèse

Prononciation groupant en une seule syllabe deux voyelles continues d'un même mot, la première devenant une semi-voyelle. Le vers 767, « *J'ai déclaré ma honte aux yeux de mon vainqueur* » ne peut être un alexandrin que si l'on respecte la synérèse *yeux*.

Tirade

Longue réplique d'un personnage. Ainsi, Phèdre avoue sans détour son amour à Hippolyte dans une tirade (v. 670-711).

Tragique

Qui est propre à la tragédie. On parle de « tragique » quand un événement semble fatal et fait naître la souffrance.

Unité

Au cours du XVII⁰ siècle s'est élaborée la règle des trois unités comme fondement structurel d'une tragédie ; les trois unités sont celles d'action, de temps et de lieu : l'intrigue devait présenter une action unique qui se passe en un seul jour et en un seul lieu.

Vraisemblance

Qualité de ce qui peut sembler vrai pour la raison humaine, quand bien même cela ne l'est pas réellement. Paradoxalement, la vérité n'est pas toujours vraisemblable.

Éditions

RACINE : *Œuvres complètes,* édition de R. Picard, 2 vol., « La Pléiade », Gallimard, 1951-1952 ; réédition du premier tome par G. Forestier en 1999.

RACINE : *Théâtre complet*, édition de J. Morel et A. Viala, Garnier, 1980.

RACINE : *Théâtre complet*, édition de Jean-Pierre Collinet, 2 vol., « Folio », Gallimard, 1982-1983.

Phèdre de Jean Racine suivi de *Phèdre* de Sénèque et d'*Hippolyte* d'Euripide, annoté par E. Martin, Presses Pocket, 1992.

Le Mythe de Phèdre : les Hippolyte français du XVIIe siècle, textes des éditions de La Pinelère, de Gilbert et de Bidar, Champion, 1996.

Phèdre et Hippolyte de Pradon, édition d'O. Classe, University of Exeter, 1987.

Sur le théâtre

LARTHOMAS Pierre, *Le Langage dramatique*, PUF, 1980.

PAVIS Patrice, *Dictionnaire du théâtre*, Dunod, 1996.

SCHÉRER Jacques, *La Dramaturgie classique en France*, Nizet, s. d. [1950].

UBERSFELD Anne, *Lire le théâtre*, Belin, 3 t., 1996.

Sur Racine

BACKÈS Jean-Louis, *Racine*, Seuil, 1981.

BIET Christian, *Racine ou La Passion des larmes*, Hachette, 1996.

DECLERCQ Gilles, *Racine, une rhétorique des passions*, SEDES, 1999.

GARETTE Robert, *La Phrase de Racine. Étude stylistique et stylométrique*, Presses universitaires du Mirail, 1995.

HEYNDELS Ingrid, *Le Conflit racinien*, Éditions de l'université de Bruxelles, 1985.

KNIGHT Roy C., *Racine et la Grèce*, Nizet, 1974. (1re éd. 1951).

NIDERST Alain, *Les Tragédies de Racine. Diversité et unité*, Nizet, 1975.

PICARD Raymond, *La Carrière de Jean Racine*, Gallimard, 1956.

REVAZ Gilles, *La Représentation de la Monarchie absolue dans le théâtre racinien*, Éditions Kimé, 1998.

ROHOU Jean, *Jean Racine. Bilan critique*, Nathan, 1994. *L'Évolution du tragique racinien*, SEDES, 1991. *Avez-vous lu Racine ?*, Albin Michel, avril 1999.

SCHÉRER Jacques, *Racine et/ou la cérémonie*, PUF, 1982.

VIALA Alain, *Racine. La Stratégie du caméléon*, Seghers, 1990.

VINAVER Eugène, *Entretiens sur Racine*, Nizet, 1984.

La nouvelle critique et Racine

BARTHES Roland, *Sur Racine*, Seuil, 1963.

GOLDMANN Lucien, *Le Dieu caché*, Tell Gallimard, 1959.

MAURON Charles, *L'Inconscient dans l'œuvre et la vie de Jean Racine*, Ophrys, 1957.

Sur *Phèdre*

« *Phèdre* » de Racine, Ellipse, 1983.

BARRAULT Jean-Louis, *Mise en scène de « Phèdre »*, « Points », Seuil, 1946 (réed. « Points », Seuil, 1972).

MAULNIER Thierry, *Lecture de « Phèdre »*, Gallimard, 1943 (rééd. 1985).

STAROBINSKI Jean, « Racine et la poétique du regard », *L'Œil vivant*, Gallimard, 1961.

Discographie

Phèdre II, 5, par Sarah Bernhardt, accessible en CD dans *Dire et représenter la tragédie classique : théâtre aujourd'hui* n° 2, CNDP, 1993.

Opéra

Hippolyte et Aricie de Jean-Philippe Rameau, sur un livret de l'abbé Pellegrin, inspiré de l'œuvre de Racine, 1733 ; interprétation disponible chez Archiv Produktion avec Les Musiciens du Louvre dirigés par Marc Minkowski.

Filmographie

Phaedra réalisé par Jules Dassin, avec Mélina Mercouri, Anthony Perkins et Raff Vallone, 1962 (adaptation très libre située dans la Grèce des années 1960).

CRÉDIT PHOTO : p. 7, « Ph. © Nadar / Harlingue / R. Viollet.» ; p. 8, « Et reprise page 34 : Ph. © Bulloz. / T.» ; p. 53, « Ph. © Edimédia. / T.» ; p. 81, « Ph. © Agence de presse Bernand. / T.» ; p. 90, « Ph. © Juliette Sidier-Enguérand. / T.» ; p. 101, « Ph. © Agence de presse Bernand. / T.» ; p. 110, « Ph. © Edimédia. / T.» ; p. 125, « Ph. © Edimédia. / T.» ; p. 145, « Ph. © Bulloz. / T.» ; p. 177, « Ph. © Jean-Loup Charmet. / T.» ; p. 192, « Carte : Jean François Poisson ».

Direction de la collection : Pascale MAGNI.
Direction artistique : Emmanuelle BRAINE-BONNAIRE.
Responsable de fabrication : Jean-Philippe DORE.

Compogravure : P.P.C. – Impression : MAME. N° 99042263. Dépot légal 1re éd. : août 1998.
N° de projet : 10066208 (III) 73 - Dépôt légal : mai 1999